JN241759

捜査一課
ドラキュラ分室

大阪刑務所襲撃計画

Yoshida Yasunori
吉田恭教

本格
M.W.S.
南雲堂

捜査一課ドラキュラ分室

大阪刑務所襲撃計画

目次

発病　6
プロローグ　15
第一章　27
第二章　101
第三章　143
第四章　199
第五章　243
第六章　281
エピローグ　316

解説　飯城勇三　323

装幀　岡 孝治

写真：PIXTA(ピクスタ)

捜査一課ドラキュラ分室　大阪刑務所襲撃計画

発病

二〇一九年　六月九日　日曜日　午後二時——
東京都墨田区向島

隅田川沿いの一角でタクシーを降りた大久保は、目の前の古びたマンションを見上げた。ここの四階の一室で夫婦が刺殺されているという。

黄色い規制線の前にいる制服警官に警察手帳を提示し、マンションのエントランスに足を向けた。

エレベーターを降りて四階フロアーに足を踏み出すと、通路の先に鑑識職員達がいた。犯人の遺留品を探しているようだ。「おう」と鑑識職員の一人に声をかける。

「ああ、大久保さん。堂安管理官、もうきてますよ」

「管理官が？」

自宅は両国だと聞く。近いからすぐにこれたのだろう。警視庁刑事部捜査第一課の場合、課長と二人の理事官の下に十三名の管理官が置かれており、管理官は重大事件が発生すると現場に臨場するのである。

「検視官、ボヤいてましたよ。俺がいる意味がないって」

「管理官、また検視官の判断を覆(くつがえ)したのか」

「ええ。『明らかに刺殺だから解剖の必要なし』と宣言した矢先に」

「気の毒に。立場ないな」堂安は自分が関わった遺体は必ず解剖に回す。「ところで、仏さん達はどんな状況だ？」

「どちらも数ヵ所刺されています。現場は血の海で——」

今夜も悪い夢を見そうだ。頷いて歩を進め、開け放たれたままのドアの前に立った。シューズカバーを着けて捜査用の手袋を嵌(は)め、「管理官」と声をかけつつ中に入る。

「こっちです」

その声に導かれて奥に進むと、そこはリビングだった。予想に反して荒らされておらず、応接セットにガラステーブル、大画面のテレビといったごく普通の配置である。ガラステーブルの横には仰臥(ぎょうが)した血塗(ちまみ)れの男性遺体があり、パンツスーツ姿の若い女性が片膝をついてデスマスクを凝視していた。堂安一花(いちか)だった。階級は警視、キャリア組だからまだ三十一歳である。

そこから二メートルほど左に女性の遺体、うつ伏せで首から血を流しており、背中には出刃庖丁が刺さったままだ。二人の身体から流れ出た夥(おびただ)しい血が、フローリングの床に歪(いびつ)な模様を作っている。

「ご苦労様です」

「早かったですね」

「たまたま横網(よこあみ)にいたもんですから」

妻の実家がある。

堂安の正面に移動して男性の遺体に手を合わせた。白い上下のスウェットが朱に染まり、見開かれたままの両目が天井の一点を見つめている。髪には白いものが交じっているが、それほど多くはない。

「四十代ってところですか？」

「ええ、四十五歳だそうです。第一発見者はこの男性の同僚。『一杯やろう』と誘われて訪ねてきたら、この有様だったらしくて――。切創は右上腰部に二ヵ所、鳩尾(みぞおち)に一ヵ所、左胸に一ヵ所。防御創はなし。致命傷は左胸の傷でしょう」

女性の遺体に目を向けた。辛子色のセーターに白いスカート、いずれも鮮血に染まり、スカートは大腿まで捲れ上がっている。今度も手を合わせてから遺体を観察した。首の傷は右側。

「女性にも防御創はありません」と堂安が言う。

「部屋が荒れていませんから、被害者(マルガイ)二人と犯人が争ったわけではなさそうですね。防御創もありませんし、不意を衝(つ)かれたのかな？」

「隣の部屋の住人も、『争うような声はしなかった』と証言しているそうです。でも、マルガイ達は同じ時間に刺されたわけじゃなさそう。一人が刺されたら、もう一人が大声を上げるはずですから――。あるいは薬物を飲まされたか」

「そうか、薬物って線もありますよね。家族は？」

「機捜からの報告では息子が一人いるらしいです。でも、連絡しても捕まらないって」

機捜は機動捜査班の略で、事件の初動捜査を行う。

「両親を殺して逃走——という可能性もありますか」

「ええ」

堂安がショートの髪を掻き上げる。

「防犯カメラの映像、チェックしないといけませんね」

「このマンションに防犯カメラは設置されていないそうです」堂安が立ち上がった。「遺体を解剖に回します」

「はい」

堂安が目頭を押さえてよろめく。

「どうしました?」

「何でもありません」

その言葉を最後に、堂安がその場に崩れ落ちていった。

「管理官!」


大久保は、密かに一つ溜息をついた。堂安が搬送されたのは墨田区内にある総合病院だったが、診察の結果、警察病院で詳しい検査を受け直すことになった。そして二時間ほど前に転院して精密検査を受けた。結果は知らされていないが、重篤な症状でないことを祈りたい。

堂安が管理官になったのは二年前、以後、彼女の指揮の下で三件の殺人事件を担当したが、当初は五歳も年下の女性の命令で動くことが不満だった。決して女性を蔑視しているわけではないが、『刑事は男の仕事』という意識が強く、こっちも班を任されているという自負があったからである。だがすぐに、自分と堂安の決定的な違いを思い知らされることになった。理路整然と組み立てられる推理。合理的な判断。感情に左右されることが一切ない、時として冷徹とも取れる捜査手法等々。張り合ってはみたものの、どれもこっちの遥か上を行く堂安の能力の高さに舌を巻き、いつしか、彼女に一歩でも近づきたいと願うようになって今日を迎えている。そして、堂安が指揮した事件で迷宮入りしたものは一つもない。聞くところによると、堂安はキャリア組トップの成績で警察庁に採用されたそうである。

病室前のベンチで待機するうち、正面のドアが開いて堂安の母親と担当医師が出てきた。娘の突然の異変にショックを隠しきれないようで、肩までの髪もほつれたままに任せている。

医師が「お大事に」と言って去り、堂安の母親がこっちに向かって腰を折った。

「ご迷惑をおかけしました」

「とんでもない」

「お入りください」

促されるまま病室に入ると窓のカーテンは閉ざされていた。ベッドの堂安は上体を起こしている。

堂安の母親が「一花」と声をかけ、堂安がゆっくりとこっちを向いた。

「大久保さん。すみませんでした」

「気にしないでください」

堂安が母親に視線を向けた。

「コーヒーでも買ってきて」

堂安の母親が頷いて病室を出て行く。

「管理官。ご気分の方は？」

ベッドに歩み寄った。

「少し落ち着きました。突然、目眩がしたかと思うと意識が飛んでしまって――。それより座ってください」

堂安の目配せで、壁に立てかけてあったパイプ椅子を開いた。

椅子に腰掛けるや、「どこまで調べました？」と堂安が言った。

「今は仕事のことは忘れてください」

「そうはいきません。話してください」

堂安は言い出したら聞かない。渋々頷いた。

「二時間ほど前、息子が自首してきましたよ」

自首したのは麴町警察署だった。こんなスピード解決はいつ以来だろうか？

「そうですか――」堂安が表情を崩す。「で、動機は？」

「受験に二度失敗したことを母親になじられ、カッとなったそうです。父親とは元々仲が悪かったらしくて、『いっそのこと』と思ったと証言を」

するとドアがノックされた。

「どうぞ」

堂安が返事をすると、厳つい顔の中年男性が入ってきた。捜査一課長だった。

「どうだ？」

「一課長」

堂安がベッドから降りようとする。

「そのままそのまま」

「ご迷惑をおかけして」

堂安が頭を下げる。

「人間、誰だって体調を崩すことはあるさ」

立ち上がって一課長に椅子を譲った。

椅子に座った一課長の顔が険しくなる。

「堂安。しばらく休め」

「できません」

「これは決定事項だ」

決定事項ということは、上層部が堂安の病状を把握したということか？　強制的に休ませると
いうことは、病状が思わしくないからに他ならない。

堂安もそのことを察したからか、明らかに表情を曇らせた。

「今日はそれを言いにきた。それはそうと、例の事件のことなんだが――」一課長が大久保に目を向けた。「ロビーで待っていろ」

つまり、席を外せということだ。だが、例の事件とは？

廊下に出ると堂安の母親がハンカチを目元に当てていた。彼女もまた、娘の病状を憂いているのだろう。目礼して「お大事に」と告げ、ロビーに足を向けた。

ロビーで待つうち、一課長がやってきて溜息をついた。

「管理官、相当悪いんですか？」

「もう現場には戻れん」

危惧していたものの、最悪の結果に言葉がない。

「母親の話だと、ひと月ほど前から体調が悪いと漏らしていたそうだ」

無理して現場に出ていたようだ。管理官は一人で三件から四件の事件を同時に担当することもある。そんな体調で激務に耐えていたとは――。

「病名は？」

「ちょっと変わった病名でな――。だが、ルールを守れば命の危険はない。それがせめてもの救いだ」

ホッとした。とはいえ、堂安の身の振り方が気にかかる。それに、彼女の持つ洞察力と指揮力もだ。捜査一課はそれを失ってしまうのだから。

「一課の連中には明日告知する。それまで黙っていろよ」

「はい」

プロローグ

七月二日　火曜日　午前七時半――

荒川河川敷の道に入ると複数のパトライトが見え始め、山瀬正樹はアクセルを緩めた。あそこで女性の遺体が発見されたという。髪はショートで花柄のワンピースに赤いパンプス姿、推定年齢は二十代後半から三十代前半という見立てで、発見者は犬の散歩をしていた近くに住む男性とのこと。気になるのはこの暑さだ。遺体が腐敗臭を放っていないことを祈りたい。

生温い風にたなびく規制線の手前まで車を走らせ、ウインカーレバーを上げた。

車を降りるや、若い制服警官が血相を変えてやってきた。

「ここに車を止めないで」

警察手帳を提示した。

「捜査一課の山瀬です」

「失礼しました」

制服警官が敬礼し、山瀬も敬礼を返して規制線を潜った。

警察関係者が慌ただしく動き回る中、「山瀬さん」の声がかかって振り返った。顔見知りの鑑識職員がいる。

「おう。五班、誰かきてるか？」

「いいえ。山瀬さんが一番乗りです」

班長はまだか。来月で定年を迎えるから、この事件をスピード解決して最後の花道を飾らせてやりたい。

「仏さん、どんな状態だ？」

「綺麗ですよ。腐敗臭もありません」

ホッとした。死んで間がないようだ。

「こちらです」

捜査用の白い手袋をしつつ鑑識職員の背中を追うと、土手の下にも大勢の警察関係者がいた。鑑識の連中は遺留品を探しているようで、誰もが姿勢を低くして下を向いている。

土手を下りた。

遺体を凝視してまず口を衝いて出たのは、長い長い溜息だった。土気色になった顔には草がへばりついており、青系のアイシャドウと真っ赤な口紅が妙に毒々しい。目は半開きで白目だけが覗き、耳にはトルコ石と思しきピアス。細身の身体は右側を下にしてややくの字になっている。さて、本人が自分の足でここまできたのか、それとも誰かに遺棄されたのか——。

遺体に向かって手を合わせ、しゃがんだ。見立てどおり、二十代後半から三十代前半といったところか。しかし、現時点で歳なんか推測しても無駄なこと。メイクでどうにでもごまかせるし、解剖で推定年齢が覆されるのはいつものことである。

鑑識職員に目を向けた。

「外傷は？」

「両手の親指に何かで締められたような痕があります。結束バンドかもしれませんね」

自由を奪われていたということか。

「死体遺棄と考えた方が良さそうだな」

「そう考えるのが妥当でしょう。他に外傷は見当たりません」

「遺留品は？」

「それもナシ。着ている服は中国製ですから、スーパーで買える量産品でしょう」

「身元を割り出すのに骨が折れそうだ」

歯型と指紋、ＤＮＡ照合に頼るしかないか。パンプスの底を凝視した。サイズは二五センチ。女性にしては大きい。

「身長は？」

「約一七三センチ」

「大きな女だな」

「バレーボールかバスケでもやってたんじゃありませんか？」

「どうだかな」

やがて他のメンバー達が駆けつけ、山瀬は遺体を東京都港区にある康和（こうわ）医大法医学教室に搬送することになった。

遺体は法医学教室の第一解剖室に運ばれ、まず、解剖前の作業が行われた。

白衣の学生二人が遺体の服を脱がせると、黒い上下の下着が露になる。乳房は小さめでウエストのクビレがなく、寸胴といった体型だ。脚は長めか。

次いで下着が取られ、遺体が解剖台の上に仰向けで寝かされた。

現場では遺体の左横顔を見下ろす格好だったが、こうして正面から見ると面長だ。

学生の一人が遺体のメイクを拭き取っていく。

女はメイクで別人になるというが、正にそのとおりだと思う。メイクしていた顔はそれなりだったが、すっぴんだとそれほどでもない。

学生達の作業が終わって五分ほどすると、緑の手術着を着た男性医師二人が解剖室に入ってきた。先頭の年配医師が「山瀬君だったか」と言う。

何度も解剖依頼しており、気心の知れた人物だ。この法医学教室を指導する教授である。年齢は四十八歳だそうだが、実年齢よりもずっと若く見える。

「教授、お世話になります」

「いやいや」と答えた教授が、解剖台の前に立った。

助手が教授の正面に立ち、山瀬は遺体の足側に位置を取った。

シーツが捲られ、教授と助手が遺体に向かって手を合わせる。

「さて、始めようか」

教授が言い、視線を遺体の頭部から爪先まで動かす。

「両手の親指に締め痕か――。身体の前面に外傷は見当たらないが、背中はどうかな？」

助手が遺体を横向きにする。

「ないな。それにしてもこの仏さん、女性にしては骨格がごつくないか？」教授が遺体の首を見つめ、そっと触れた。「喉仏は大きくないが、喉仏が目立たない男性もいるからな――」

「待ってください。この仏さんが男だって仰るんですか？」

思わず声が裏返った。

「まず間違いあるまい」

「でも」山瀬は遺体を凝視した。「ペニスがありませんよ。それに髭だって生えてないし」

教授が顔を上げた。

「ペニスと睾丸は切除可能だし、髭も永久脱毛できるじゃないか」

「ってことは、性転換手術を？」

教授が頷いてみせる。

「性器を調べてみよう」

遺体の脚が広げられ、教授が陰部を見つめる。同じく山瀬も。

「見た目は本物と遜色ないが――。まずは内臓から調べる。メス」

教授が、遺体の鳩尾から膀胱まで一直線にメスを走らせた。傷口から黒く変色した血が滲み出す。

メスは更に深く遺体の腹部を切り裂き、流れ出た血液が解剖台の両端に作られた溝を伝って行く。

教授が機器で腹部を開き、内臓を覗き込んだ。

「毒物による変色はなさそうだが――。あとで病理部にも確認してもらおう」

「子宮と卵巣は？」

教授が再びメスを振るう。

「ないな。精巣も切除されている」

やはり性転換手術を受けたのだ。

教授が改めて遺体の股間を見る。

「それにしても、実に巧みに女性器を形成している。本物と見分けがつかんぞ」

同感だ。

その後、胃、肝臓、膵臓、脾臓の順で調べが進み、小腸、大腸へと進んでいく。最後に肋骨と胸骨が外されて心臓と肺が調べられた。

「どうです？」

「内臓に関して言えば、特に留意する点はない」

「病死ってことでしょうか？」

「親指以外の外傷もないし、その可能性が高そうだ」

病死だとしても、どうしてあんな所に放置されていたのか？

「念のため、性交渉があったか調べてください」

教授が人工の女性器にメスを当てた。そして開かれたそこに手を入れ、中の粘膜を拭い取って小さなバットに移した。

「内臓サンプルと血液も採取するから、病理部に電話して取りにくるよう言ってくれ」

助手が頷いて解剖台を離れ、シャーカステン横の壁掛け電話まで移動した。

「……病理部ですか。法医学教室です。……検査していただきたいサンプルがありますので、第一解剖室まできていただけませんか。……お願いします」

助手が解剖台に戻り、教授が内臓サンプルを採って遺体の腕からも採血した。

間もなくして男性看護師が現れ、サンプル類を受け取って解剖室を出て行く。

「教授、病理の結果はどのくらいで出ます？」

「二日は必要だな。結果が出たら連絡する」

「お願いします」それにしても、この遺体が男だとは——。「どこで性転換手術を受けたのかなぁ」

「その手の手術で有名なのはタイとかモロッコだな」

それなら、出入国管理局のデータに遺体の主の顔写真が保存されているかもしれない。国内で手術を受けたとなると厄介だが——。

「何を思って性転換手術なんか受けるんですかね」と助手が言った。

「本人にしか分からない心の苦しみがあるんだろうが、術後のメンテナンスが大変だと聞いた。寝る時は膣壁が癒着しないように、ペニス大のスティックを挿入しなきゃいけないらしい。でもまあ、本人が満足ならそれでいいじゃないか。性に関する問題は根深いし、興味本位で語るもんじゃないと私は思う。これで解剖を終わる」

※

七月四日　木曜日――

あれから二日が経ったが、未だに遺体の身元は判明していない。指紋もＤＮＡも警察のデータベースに登録されているものとは一致しないし、歯型照合も歯科医師会からの連絡待ち。出入国管理局の方も空振りで、遺体に似た人物は登録されていなかった。とはいえ、海外渡航歴がないとは言い切れない。子供の頃に行ったのなら今の顔とは違うはずだからだ。しかし、子供の頃に性転換手術を受けたとは考え難い。となると、出入国管理局のデータに該当する人物が見当たらないのだから、国内で受けた可能性が高くなるが――。

現場近くで不審人物と不審車両の訊き込みを続けるうち、携帯が高らかに鳴った。班長からだ。

「山瀬です」

《身元が割れたぞ。歯型照合でヒットした。名前は》

「ちょっと待ってください」手帳を出してペンを握る。「どうぞ」

《タサカユキトシ。田んぼの田に坂道の坂、幸に利用の利で幸利。捜索願も出ていた。三ヵ月前だ。田坂は忽然（こつぜん）と姿を消したらしい》

「田坂の親指には締め痕がありましたよね。拉致監禁されていたに違いありませんよ」

《トラブルに巻き込まれたのかもな。とりあえず、田坂の両親に会ってくる》

通話を終えて車に戻ろうとすると、再び携帯が鳴った。法医学教室の教授だ。
「ああ、教授。おはようございます」
《死因が判明した。感染症だ》
「それって、傷口から入った細菌に冒されるっていう？」
《そう。毒薬物が使われた形跡はなかった》
病死か――。
《だけど性交渉はあった。ＤＮＡの型が四つも確認されたよ》
つまり、複数の男を相手にしたということだ。
《だけどなぁ》
何か不審点があるのか？
《その内の一つが問題だ》
「何でしょう？　まさか、未知のＤＮＡってことはないですよね」
そう言った途端、《それならまだ良かったがな》と返事があった。
「何が問題なんですか？」
《人間のＤＮＡじゃなかった。犬のＤＮＡだ》
我が耳を疑い、思わず「犬！」と尋ね返す。
《そう、犬だ。雑種だそうだが――》
頭の中をポルノ映像が駆け巡る。

「ってことは、まさか……獣姦？」
《そうとしか考えられんだろう。まあ、本人の意志でやったかどうかは不明だけどね》
通話を終えると班長から電話があり、まず、ＤＮＡ鑑定のことを伝えた。
《犬のＤＮＡもだと？》
班長の声がひっくり返った。
「ええ、気分が悪くなりましたよ。自分の意志で姦ったのか、それとも違うのか――。ところで、田坂の両親には会われましたか？」
《ああ。驚いたことに田坂は医者で、一人暮らしをしていたそうだ》
「医者？」
《そう。専門は内科で港区芝浦にある城北医大病院に勤務していた》
どうして医者が死体遺棄された？
《家族は両親と弟。だけど、三人とも田坂が性転換手術を受けていたことを知らなかった》
「じゃあ、失踪後に手術を？」
《そうとしか考えられんだろう。だが、田坂はいたって普通の男で、女性の話なんかもよくしていたらしいんだ》
「性的な悩みがあることを隠して、普通の男を演じていたのかも」
《どうだかな？　遺棄死体で発見されているし――。それと田坂の部屋なんだが、冷蔵庫には食料品

が詰め込まれたままだったらしい》

つまり、部屋に帰る気でいたから冷蔵庫の中の物を処分しなかったということになる。やはり拉致されたのだろう。そして性転換者となって遺棄死体で発見された。

想像以上に厄介な事件になりそうだ。班長に最後の花道を飾らせてやるのは無理かもしれない。

第一章

1

四ヵ月後

十一月七日　木曜日――

舟木亮太が目覚めた矢先、サイドボードの目覚まし時計がけたたましく鳴り響いた。

アラームが鳴る前に起きたのはいつ以来か。それだけ緊張しているということに他ならないが、これからのことを考えると身震いまでしそうである。今日から、警官になった者が一度は夢見る警視庁捜査一課の一員になるのだから――。

辞令を受けたのは一昨日、目黒警察署の刑事課で窃盗事件の調書を作成している時だった。課長から別室にくるように言われて行ってみると書類を一枚渡され、そこには『令和元年十一月七日付けで本庁捜査一課勤務を命ずる』との文言が書かれていた。

思わず『自分が本庁に？』と訊き返すと、課長がその理由を話してくれた。捜査一課で欠員が出たそうで、捜査員を補充する必要が生じたことからこっちに白羽の矢が立ったという。『警官になった以上はいつか捜一の刑事になりたい』と願っていたが、こうも早く望みが叶うとは思わず、感慨深さの中で本庁での飛躍を課長に誓ったのだった。

両手で頬を軽く叩いて起き上がり、キッチンに足を運んでテレビのリモコンを掴んだ。画面に映し出されたのはニュース番組で、飽きもせず、今日も幼稚園建設を巡る総理の口利き疑惑を取り上げている。

またやってやがる。世界情勢は激動してるってのに呑気なもんだ。もっと他に報道すべきことがあるだろう――。

そう独りごち、リモコンを操作して関東地方の天気予報に切り替えた。東京は晴れ、降水確率〇パーセント、最高気温一七度である。

音量を上げ、洗面所に行って歯ブラシを咥えた。

顔を洗い終わってキッチンに戻り、冷蔵庫から昨夜コンビニで買った牛乳とサンドイッチ三つを掴み出した。食事は迅速に済ませるのが刑事の鉄則だ。一分かからずに全部を胃袋に収め、洗い物が山となっているシンクにコップを置いた。ここもそろそろ片付けないといけないが、面倒臭くてついつい見て見ぬふりをしてしまう。まあいいか、食器類が腐ることはない。

洗い物に背を向け、寝室に行ってロッカーから新調したスーツを出す。

身支度を整え、これまた新調した革靴を履いて官舎を出た。

千代田区霞が関の警視庁本庁舎に着いたのは午前八時半、痺れるような緊張感の中で正面玄関を潜った。まず一課長に会うことになっているが、一課長室はどこにあるのやら？　警官になって六年になるが、本庁にきたのは初めてだからどこに何があるのかさっぱり分からない。

お！

　受付を見つけ、そこに足を運んで身分と用件を告げた。

　教えてくれた女性職員に会釈し、エレベーターに乗って目的階のボタンを押した。配属される部署は一課長が直々に伝えるそうだが、どんな連中が仲間になるのか？

　エレベーターを降り、女性職員の説明を反芻しつつ一課長室を探すうち、ようやく『一課長室』と書かれたドアに行き着いた。大きく深呼吸をして心を落ち着かせ、ドアを二度ノックした。

「誰だ？」

　重低音の声がドアの向こうから返ってくる。

「目黒警察署刑事課より参りました舟木巡査部長です」

「入れ」

「失礼します」と答えてドアを開け、正面のデスクにいる胡麻塩頭に向かって深々と頭を下げた。

「そう硬くなるな」

　言われて姿勢を正し、改めて一課長を見た。射るような眼光を飛ばす一重の目、眉間の深い皺は多くの凶悪事件の指揮を執るうちに刻まれたのだろうか。

「随分デカイな。身長はいくつだ？」

「一八七センチです。高校の時にバスケをやっていましたから」

「ほう。体格もいいし、激務には耐えられそうだ。まあ、そこに座れ」

　応接セットのソファーを勧められ、「恐れ入ります」と答えて腰かけた。

「歳は二十六だったな」

「はい」

一課長が正面に座った。

「お前に、ある人物のサポートをしてもらいたい」

「個人のサポートですか？」

どこかの班に所属するのではないのか？

「そうだ」

さっぱりわけが分からない。

「質問してもよろしいですか？」

「何だ？」

「私が捜査一課に呼ばれた理由は？」

「今言った、ある人物のリクエストがあったからだ」

リクエスト？

三ヵ月前に指名手配中の強盗犯を捕まえているし、交番勤務時代にも空き巣を一人捕まえた。そのことを調べたのだろうか。

一課長がデスクの上の携帯を摑み、それを操作して耳に当てた。

「……俺だ。新入りをそっちにやるからよろしく頼むぞ」

どうやら、その人物と話しているようだ。

一課長が、二度ほど頷いてから通話を終えた。

「聞いたとおりだ。さっそく行ってくれ。住所はここ」

一課長がボールペンを走らせ、そのメモを突きつけてきた。名前と住所が書かれている。堂安一花、住所は墨田区両国だ。一花という名前からすると女性か?

「堂安さん——ですか」

「そうだ」

「どのような方なんでしょう?」

「在宅の警察官だよ。階級は警視」

思わず「はあ?」と声が漏れた。在宅勤務の警察官なんか聞いたことがない。しかも警視ときている。「在宅?」

「そうだ。特例として認められた」

どういうことだ?

「ああそうだ。お前のデスクだが、この階の一番東の部屋を用意した。そこを使え。まあ、ほとんど使うことはないだろうがな」

一課長が再びメモを手に取る。

渡されたのは簡単な地図で、与えられた部屋の場所が記してあった。一課長室を出て廊下を右に進み、突き当りを左。そのまま真っすぐ進んで一番奥の右側である。

個室を与えられたのは嬉しい限りだが、この先どうなるのか不安で仕方がない。在宅警視のサポート？

「もういいぞ。早く行け」

「はい。失礼します」

砂漠のど真ん中で置き去りにされたような思いで一課長室を出た。まずは与えられた部屋に行ってみるか。地図に従って歩を進め、見つけたのは『第一分室』と書かれた鉄製のドアだった。

本来ならどこかの班に配属され、今頃は仲間になる先輩連中と挨拶を交わしていただろうに――。ドアを押し開けて中に入ると、改めて溜息が出た。広さは四畳半ほどで、あるのはロッカーとスチールデスク、デスクの上のノートＰＣ、固定電話だけである。ＰＣは明らかに使い古された代物で、パスワードが書かれたメモが貼ってある。

「やれやれ」と呟いてチェアーに座り、ＰＣを立ち上げた。

型が古いわりには反応がいい。試しに犯罪者データにアクセスすると、瞬く間に繋がった。これなら十分使えそうだ。だがまさか、いきなりこんな環境に放り込まれるとは――。取りあえず、堂安に会いに行くことにした。さて、どんな人物なのか？

膝を叩いて立ち上がり、堂安の住所を頭にインプットした。


堂安の自宅は両国国技館にほど近い住宅街の一角にあった。そこそこ大きな洋館風の建物で、庭の芝生が青々としている。庭には大型のハスキー犬がいて、腹を上に向けて寝ていた。緊張感の欠片(かけら)もない犬だ。あれで番犬が務まるのだろうか――。

それより堂安のことだ。この家で在宅勤務をしているというが、一体どんな人物なのか？　どうして在宅勤務が許されているのだろうか？

門柱に嵌め込まれたインターホンを押すと女性が対応に出た。

「警視庁から参りました舟木と申します」

《伺っております。少々お待ちください》

丁寧な受け答えがあり、すぐに玄関のドアが開いた。出てきたのは髪をカールした品の良い年配女性で、ワインカラーのワンピース姿。女性が石段を下りてくる。

「一花の母でございます」

「舟木です。初めまして――」

母親が微笑を浮かべ、門扉を開けてくれた。

「舟木さん、大きな方なんですね」

「はあ――」

「あら、余計なことでした。さあ、どうぞ」

中に入ると、朝だというのに吹き抜けの玄関には明かりが点っていた。上を見て改めて疑問に思う。窓のカーテンが全て閉じられているのである。しかも、まるで暗幕のような真っ黒なカーテンだ。今日は快晴なのに、どうしてカーテンを？

首を捻ったまま母親の背中を追い、フローリングの長い廊下を進んだ。そしてリビングに通されたのだが、ここの窓も全て黒いカーテンで覆われており、天井の蛍光灯が点っていた。理科の実験室を思い出す。

「かけてお待ちください。一花を呼んでまいります」

促されるまま革張りのソファーに座り、リビングを見回した。堂安が在宅勤務していることと、日光を遮断しているこの状況には何か関係があるのだろうか？　一体、堂安はどういった女性なのか？　すると足音が聞こえ、居住まいを正した。

リビングのドアが開き、髪をショートにした細身の女性が入ってきた。身長は一六〇センチほどか。タイトなジーンズに白いトレーナー姿で、どこにでもいる若い女性といった感じだ。切れ長の目にシャープな顎のライン、すっと通った鼻筋にアヒルロ。何よりも色が白い。この顔立ちだから白人の血でも混じっているのか？　それにしても、一際目を引くこの女性が警視で、在宅勤務まで許されているとは――。しかもこの若さで警視の肩書き、間違いなくキャリア組だ。

「堂安です」

立ち上がって腰を折った。

「舟木亮太です。本日付で捜査一課に」

「自己紹介はいらないわ、あなたのことは全部知ってるから。目黒署にいたことも、警官としてのキャリアも、お父様が職務中に殉職なさったこともね」

父のことまで調べたのか――。

父は三鷹警察署の所属で、交番勤務中に刺殺されて拳銃を奪われた。犯人は未だに捕まっておらず、拳銃の行方も不明のまま。だが、こっちが警官になったのは父の遺志を継ぎたかったからではなく、純粋に刑事という職業に憧れを抱いていたからである。

堂安が、こっちの爪先から顔まで舐めるように見る。

「まるで就活している学生ね。童顔だし――。そのスーツも新調した？」

「ええ、まあ――」

「座って」

一礼し、改めてソファーに尻を沈めた。

「私のことは聞いてる？」

「在宅勤務の警視であることだけは――」

「元管理官でもあるわ」

驚いた。まさか現場の指揮までしていたとは！

「ところで、この家に違和感を持ったでしょ」

「はい」と正直に答えた。

「ここはドラキュラの柩と同じ」

わけが分からない。眉を持ち上げて堂安を見返す。

「そして、私もドラキュラみたいなものよ。日光が苦手なの」

「日光が？」

鸚鵡返しに訊き返す。

「五ヵ月ほど前、後発型の色素性乾皮症を発症した。早い話が、無防備で日光を、いえ、紫外線と言った方がいいかしら。それを浴びると火傷して、悪くすれば死んでしまう」

「え！」

　そんな病気があるのか。色が白いのも長いこと日光を浴びていないせいかもしれない。

「色素性乾皮症は遺伝子が関係している病気で治療法はない」

「難病指定されているってことですか？」

「そうよ。ＡからＧまでの七タイプと、不定期遺伝子合成機能は正常でも損傷乗り越え機能の異常から、遺伝子の損傷部位を複製する機能が低下しているバリアント型があるんだけど、私はそのバリアント型で、幸いなことに色素性乾皮症では最も軽症。軽症と言ったってこの有様だから、普通の生活は送れないけど」

「じゃあ、紫外線で傷ついた細胞を修復できないってことですね」

「うん。だから、この家の灯りは全て紫外線ゼロのＬＥＤ蛍光灯に替えてある。ついてきて」

　堂安が立ち上がった。

　連れて行かれたのは二階にある一室で、広さは六畳ほどの洋室だった。大きなデスクには三台のノートＰＣが置かれ、関連機材がデスクを取り囲んでいる。

「ここが私の職場よ。じゃあ、ルールを説明するから頭に叩き込んでちょうだい」

「ルール？　ですか？」

「ええ。ルールその①、私に対する同情は無用。こんな身体になったのも全て運命だし、私もその運命を受け入れているから」

だが、心中は如何(いか)ばかりか――。

「ルールその②、自分を私の手足だと思って。張り込み、捜査会議への出席、訊き込み、事情聴取等々、何でもやってもらうわよ」

「つまり、自分はあなたの手足になるために捜査一課に呼ばれたということですか？」

「そういうこと」

警察上層部が在宅勤務を認めたキャリアで、実働部隊として刑事までつけたということは、堂安の捜査指揮能力はかなりのものということか。

「あなたは余計なことは考えず、私の命令どおりに動けばいい」

そのもの言いに少々カチンときた。経験が浅いことは認めるが、こっちだって一応は刑事をやってきたのだ。

「あら、不満そうな顔ね」

答えずにいると、堂安が顔を覗き込んできた。

「はっきり言っとくけど、私はあなたの意見なんか必要としない。『下手の考え休むに似たり』って言うでしょ。私は脳みそ、あなたは手足。手足がものを考える？　推理したりする？」

そこまで言うか……。しかし残念ながら、その評価を覆すだけの勲章が自分にはない。「分かりました」と答えるしかなかった。だが、いつかは堂安の評価を覆してみせるという思いも湧いてきた。

堂安がデスクに着き、抽斗(ひきだし)を開けた。

「ルールその③、これからは、常時これを携帯すること」

堂安が取り出したのは黒縁のメガネとスマホ、それに小さなケースだった。

「これを？」と言ってメガネを手に取る。レンズ代わりにアクリル板が嵌め込まれている。

「そう。このメガネにはＷｉ‐Ｆｉとマイクが内蔵されていて、あなたが見たものを私も見ることができる。スマホは連絡用の他、データ情報もここのＰＣと共有できるように設定してあるから。それと、仕事中はワイヤレスのイヤホンも装着しておくように。いついかなる時でも私と会話できるようにね」

「まさか、レンズに画像まで映ったりして？」

「映画の観過ぎ」

冗談で言っただけなのに――。

「このケースは？」

「スマホの予備バッテリー三つと急速充電器。一日中、あなたと会話する事態が起きるかもしれないし、そうなったらバッテリー一つじゃ足らない」

「では、捜査会議やミーティングにも参加できるということですね」

「当然でしょ。そして最後のルールその④、どんなに些細な出来事でも疑問に思え。これが一番大事だから肝に銘じておいて。加えて、私は自分が関わった遺体は必ず解剖に回す。何故かというと、日本の司法解剖率が四パーセントにも満たないからよ。不審死と判断されても解剖医の不足から解剖されないことが多くて、私はそのことを憂いている。だから、解剖率が一〇〇パーセントになれば、今まで事故死や病死で片付けられていたケースも犯罪性が疑われ、悪党どもは枕を高くして眠れなくなり、ひいては被害者が浮かばれることにもなる。だからこそ、私が関わった遺体は必ず解剖に回す」

「はい――。ところで、事件が起きるまでは待機態勢ですよね」

「そうだけど?」

「本庁舎内の第一分室っていう部屋を与えられたんですけど、ずっとあそこに詰めていなければならないんでしょうか?」

「退屈?」

「そういうわけではありませんが――」

「嘘を仰(おっしゃ)い。顔にそう書いてあるわよ」

見透かされていた。そう、リストラ寸前の窓際族じゃあるまいし、誰もいないあの部屋に一日中いられるか。気が滅入ってしまう。

「心配しなくても事件はすぐ起きる。骨休めだと思って今のうちに退屈を満喫しておくことね」

「はあ――」

「他に質問は?」

「ありません」

「じゃあ、今日は帰っていいわ」そう言った堂安だったが、「言い忘れてた」と付け加えた。

「何でしょう?」

「あなたのことを調べた時、強盗を取り押さえたという記述があったんだけど」

「確かに取り押さえました」

胸を張って言った。

「だけどよく調べてみると、強盗をビルの屋上に追い詰めて拘束し、それから応援を呼んだことが分かった」

「それが何か？」

『それが何か？』じゃないわ。大問題でしょ」

「え？」

「分かってないんだから、まったく——」堂安が睨んでくる。「強盗を屋上に追い詰めた時点で応援を呼び、できれば応援の到着を待って強盗の拘束に当たるのが本来あるべき行動よ。つまりあなたは、功名心のためにセオリーを無視したことになる」

「でも、結果として」

そこまで言ったところで次の言葉を遮られた。

「死ななくて運が良かったわね。いい？　私の下で勝手な行動は許さない」

頷くしかなかった。


官舎に帰ると部屋の中には明かりが点っており、奥から恋人の相楽晴美が出てきた。

「お帰り、早かったね。歓迎会とかなかったの？」

「そんな状況じゃなかった」

晴美も警官で所属は品川警察署の交通課、連日、ミニパトを走らせて駐車違反車摘発に精を出している。本人曰く、二千枚は違反切符を切ったとのこと。罪なことをする女だ。こっちもその餌食になるところだったが――。知り合った切っかけは、張り込み中に急に腹具合が悪くなって車を離れ、すぐ傍のコンビニに駆け込んだことだった。用を足して車に戻ると、白いチョークでタイヤと道路に線を引く晴美がいて、慌ててこっちの身分を告げた。その時の晴美は制服姿だったから野暮ったい女だと思ったけれど、後日、銀座四丁目の交差点で偶然、私服姿の晴美と出くわした。晴美はミニスカートで、そこから伸びた二本の脚の美しいこと……。しかも、職務中と違ってメイクもしっかりしていたから心奪われてしまい、二度目のアタックで晴美に『うん』と言わせて交際が始まった。そんなこんなで紆余曲折はあったものの、来月で交際二年目を迎える。

「ところで、洗い物ちゃんとしなきゃダメよ。ゴキブリいたんだから」

「努力はしてみる」

部屋着に着替えてリビングに行くと、「このメガネ、どうしたの?」と晴美が言った。「度が入ってないし、それ以前に、亮ちゃん目は悪くないでしょ」

「仕事で使うんだよ」

堂安のことをざっと伝えると、晴美が感心したように「ふ〜ん」と言った。

「在宅の警視ねぇ。しかもキャリアだなんて――」

「映画かドラマみたいだろ」

「そうね。だけど、日光で火傷するなんてまるでドラキュラじゃないの」

「自分でもそう言ってたよ。家のこともドラキュラの柩だって――」

2

十一月十日　日曜日　午前十時――
大阪府堺市

「ほんなら、打ち合わせどおりに取材を進めてや」

ワンボックスカーの助手席に座るディレクターが言い、君島香（きみじまかおる）は「はい」と答えた。

今日は西日本最大規模の大阪刑務所で『関西矯正展』というイベントがあり、香がそれをリポートするのである。多くの屋台が並ぶそうで、芸能人の握手会の他、刑務作業で作られた製品も売られると聞く。中でも、最も興味を引くのは刑務所施設の見学で、受刑者達の日常生活を窺い知る絶好の機会だ。OSS放送のアナウンサーになって二年になるが、リポーターは初めてだから少々緊張している。スタッフは他に、カメラマンの内海由人（うつみよしと）とAD、それにメイク担当者。

打ち合わせが終わって窓外に視線を向けると、車は阪神高速を出ようとしていた。

車は堺出口を出て、間もなくして陸橋に乗った。眼下に南海電鉄の車両が見える。

陸橋を下ると右手に小さな神社が見え、ディレクターが振り返って「ここは方違（ほうちがい）神社て言うて、めっちゃ格式が高いんや。住吉大社（すみよしさん）より格上なんやで」と言った。

初耳だった。大阪では住吉大社の格が一番高いと思っていたのだが――。

「小さそうな神社ですけど」

「見た目はそうやけど、大きさで格を決めたらあかん。方違さんは古ぅから方位、地相、家相なんかの方災除けの神社として信仰されとんねん」

「詳しいですね」

「そらそうや。俺の実家、方違さんの裏にあるもん」

どうりで詳しいわけだ。

「話は変わるけど、俺が高校生の時、これから行く大阪刑務所に収監されとったヤクザの大親分が出所したんや。そんでな、大阪刑務所から方違さんまで、出迎えの黒塗りの車がズラリと並んでなぁ。警察は交通整理にあたるし、近隣住民は怖がるしで、えらいことやったんやで」

「そうなんですか——」

刑務所のリポートをするのだからと、刑務所についてあれこれ調べてみた。初犯者が収監されるのがA級、再犯者がB級、執行刑期八年以上の者が収監されるのがL級等で、大阪刑務所はLB級で凶悪犯の入所率が高い。収容定員は二千七百四人。

「そういえば」隣に座る内海が言った。「エイトマンの主題歌を歌ってた男性歌手も、殺人で大阪刑務所に収監されてましたよね」

「そやそや、あの事件はホンマにビックリしたわ」

「エイトマン？」

思わず訊き返した。

「知らんか？　まあ、若いから無理ないか――。エイトマンっちゅうのはロボットや。刑事が殺人犯を追いかけとったんやけど、その犯人に拳銃で撃たれて瀕死の状態になったんや。そんでな、たまたまそこを通りかかった科学者が瀕死の刑事を見つけて、自分が開発したロボットに刑事の意識と記憶を移植しよったんや。それで誕生したんがエイトマン。弾よりも速いんやで」

何となく分かったような――。

話をするうちに大阪刑務所に着き、取材スタッフはワンボックスカーを降りた。

刑務所の正面玄関には黄色いアーチが架けられ、そこに『関西矯正展』と書かれている。想像以上に見学客が多く、ごった返しているといった印象だ。しかし、警察官の姿は見えず、場の雰囲気も和やかそのもの。この塀の向こうに、多くの惨劇を繰り広げた人間達がいるとは思えないほどだった。

「ディレクター。刑務所だから警察官が沢山きていて、厳重に警備していると思っていましたけど」

と香は言った。

「刑務所は法務省の管轄や、警官がそないにいてるかいな。でも、刑務官は銃を持ってるから警官と変わらんで」

言われて正面玄関前にいる刑務官達に目を向けた。丸腰にしか見えないが――。

「拳銃、持ってないようですけど」

「当たり前や。銃を持てるんは刑務所内だけやし、普段、銃はロッカーに保管されとるもん。そやから、刑務所内で脱走とか暴動があった時やないと銃は持たへん。そうそう、拳銃以外に、小銃なんかも保管されとるそうやで」

「小銃？」

「ライフルとか散弾銃とか、長い銃のことや。ネットでは、マシンガンなんかも保管されてるんちゃうかと言われてる」

「銃が使われたことってあるんですか？」

「戦後間もなくの頃に、一回だけあったと聞いたけどな。手続きしてくるわ」

そう言い残し、ディレクターが人ごみの中に消えた。

五分ほどスタッフ達と雑談しただろうか、ディレクターが戻って入所券と出所券を配ってくれた。

「出所券、無くしたらあかんで。無くしたらそのまま収監されるからな」

下らない冗談に愛想笑いを返した香は、リハーサルの準備に取りかかった。メモを見ながらリポート内容を口にし、内海との打ち合わせも済ませる。そしてディレクターの細かい指示に頷き、遂に本番となった。

ディレクターがカウントダウンを始め、五、四、三でディレクターの声が消える。

自分で二、一とカウントダウンした香はファインダーを見つめ、笑顔で「皆様、お早うございます」と口火を切った。「今日は堺市にある大阪刑務所にきております。昨日と今日、ここで関西矯正展が開催されており、私、君島香がリポートさせていただきます」

緊張の中でリポートが始まり、屋台界隈の取材に移った。まず目についたのは『監獄弁当・五〇〇円』と書かれたのぼり旗で、最初のリポートとしてその弁当を買った。まあ、値段なりの味だが、そこは場を盛り上げるために「美味しい！」を連発する。その後も幾つか屋台を巡り、列を作る見学客達にインタビューを試みた。だが、入社二年目のアナウンサーの知名度は低く、「あ！　君島アナウンサー」の声は皆無。しかし落ち込んではいられない。精一杯の笑顔を振り撒いてリポートを続け、ようやく、担当刑務官に連れられて刑務所内に足を運ぶことになった。

今回は受刑者が収容されているエリアの取材はできないそうだが、以前に報道関係者向けに公開されたＶＴＲがあるそうで、リポートの合間にそのＶＴＲを挿入すると聞いている。

取材を終えたのは午後四時半、刑務所内にも間もなくイベントを終了する旨のアナウンスが流れ、香は無事にリポートを終えた安堵感の中、見学客達に交じって出口に向かった。周りを見回したところ、朝とは違って人の数がかなり減っている。終了時の混雑を避けて早めに帰った者も多いのだろう。

出口に近づき、担当刑務官に礼を言った時だった。けたたましいクラクションの連打が鼓膜を抉った。

何事かと思って外階段まで駆け、下に目をやった。人々が蜘蛛の子を散らすように、猛スピードで走る車から逃げているではないか。大型のＳＵＶだ。ＳＵＶはスピードを落とすことなくクラクションを鳴らし続け、階段の下まできたところで急停車した。ＳＵＶを追って、外にいる刑務官数人も階段下まで駆けてくる。

次の瞬間、ＳＵＶから目出し帽を被った黒ずくめの人物三人が降りてきたかと思うと、あろうことか彼らは、空と地面に向かって自動小銃を連射したのだった。あたかも戦争映画の如く、弾丸の直撃を受けたアスファルトが粉塵を巻き上げる。人々が上げる悲鳴の中、刑務官達も凍りついたかのように身動きを止めた。

黒ずくめの三人が「どけ！」と叫び、見学客達を突き飛ばしながら階段を駆け上がってくる。たとえここに警官がいたとしても、この状況では流れ弾が見学客達を撃ち抜く恐れがあって発砲できないだろう。

突然のことに足が竦み、後退りすることも叶わなかった。頭の中もホワイトアウト状態に陥る。

黒ずくめの三人は瞬く間に階段を上り切り、そのうちの一人が「こい！」と叫んでこっちの腕を引っ張った。

いきなり加えられた力に抗えず、つんのめりそうになったまま連れて行かれる。そしてドアの前まできたところで、頭に銃を突きつけられた。

「誰も近づくな！　近づいたらこの女も、中にいる見学客も殺す！」

男が下に向かって吠え、階段の途中まで追ってきた刑務官達の足が止まった。男がそれを確認し、再びこっちの腕を引っ張る。

エントランスに入るや、乱暴に突き飛ばされて床に転がった。ようやく我に返ると、周りには三、四十人の見学客達と数人の刑務官がいて、自分を含めた彼らを、黒ずくめの三人が取り囲んでいるのだった。目出し帽を被っているから顔は分からないが、体格から全員男性であることは間違いない。

彼らは自動小銃だけでなく腰に拳銃と大型のナイフも下げており、映画に出てくる武装テロリストそのものだった。

「静かにしろ！」と一番大柄の男が叫ぶ。

この男がリーダーか？

だが、パニック状態に陥った見学客達を黙らせることはできず、男が天井に向かって自動小銃を乱射した。

コンクリート片と蛍光灯の破片が降り注ぎ、瞬く間にその場が静寂に包まれる。

「よろしい――。見てのとおり我々は武装していて、この銃はＭＰ５という。警告しておくが抵抗はするな。抵抗すれば容赦なく射殺する」

重低音の声だった。

刑務官達の誰もが唇を噛んでいる。

他の二人がエントランスの観音ドアを閉めた。

「まず自己紹介しよう。私がプリズンジャック犯のリーダー、近藤だ。我々をテロリストと思ってくれて構わない」

刑務所乗っ取り？　だが、刑務所を襲撃しておいて本名を名乗るはずがない。近藤という名前はデタラメだ。だからこそ、目出し帽で顔を隠している。

「他の二人はシャイなもので、名前は教えたくないそうだ」近藤が咳払いする。「諸君は運悪く人質になってしまったが、大人しくしていれば、我々が目的を果たした暁には無傷で解放すると約束しよう」

すると、一人の若い男性が近藤の前に進み出て、「僕は母親の介護をしています。帰らないと母が――、母が……」と涙ながらに訴えた。

だが、その訴えは叶えられるどころか、一発の銃声で粉砕された。近藤が腰の拳銃を抜いたのだった。若い男性が胸から血を噴き出しながら仰臥し、激しく痙攣する。流れ出る血が、彼の身体を中心にして丸く広がっていく。

息を呑むとは正しくこのことだった。一言でも発すれば、次は自分がこうなるという思いが脳天を突き抜ける。誰もが同じ思いだろう。誰一人として微動だにせず、直立したまま失禁する女性もいた。

「こうなりたくなければ、静かにじっとしていることをお勧めする」近藤が刑務官達を順に見ていく。

「君達が抵抗すれば人質を一人ずつ殺すからそのつもりで。理解してくれたかな?」

刑務官達が頷く。

そこへ、他の場所にいた刑務官五人が駆け込んできた。銃声を聞きつけたのだろう。だが、彼らは丸腰だった。銃声を聞きつけたなら、武装していて然るべきなのだが――。銃を持てない事情があるのか?

武装犯の一人が五人に銃口を向けるや、人質になっている一番年配と思しき刑務官が「何もするな!人質が殺される!」と仲間達に警告した。

近藤が拍手する。

「賢明な行動だ。彼も言ったとおり、君達の行動次第で人質は死ぬことになる。そこに転がっている男のようにね。大人しくしていてくれれば有難い」

後からきた刑務官達が互いに顔を見合わせた。

「ところで、君の名前は」

近藤が、仲間達を制した刑務官に目を向けた。

「作田だ」

「では作田君、体育館まで案内してもらおうか。外に出たら、さっきみたいに叫べ。『人質が殺されるから手出しはするな』と」

「分かった……」

近藤が、今度は内海を見た。

「君が持っているのはＶＴＲ用のカメラだな」

「そ、そうです……」

内海が蚊の鳴くような声で答える。

「ということは、取材に訪れたということか？」

「はい――」

「では、リポーターもいるはずだ」近藤がぐるりと首を巡らせる。「誰だ？」

香は恐る恐る手を挙げた。

「こちらにきてくれ」

言われるまま、内海の横に並んだ。

「こちらから中継スタッフを用意するよう要求するつもりだったが、これで手間が省けた。君達には、これからここで起こることを具に中継してもらいたい。後で勤務しているテレビ局に電話して、中継カメラをここに持ってくるように言ってくれ」

これから起こること？　良いことが起こるはずがないのは分かっているが、何を起こそうというのか？

「リポーターとカメラマン、それに刑務官以外はこれを被ってもらおうか。それと、リポーター以外は所持品を押収する。ボールペンや車のキーなんかは武器になるからな」

近藤が仲間の一人に目配せした。

目配せされた男がリュックを下ろし、中から黒い布を掴み出した。それを見学客達に配り始め、別の一人が所持品を回収して回る。

布を配り終わった男が、「十枚足りませんね」と言った。

「仕方ない。十名は解放しろ」

どういうことだ？

ランダムに十名が選ばれ、その中にはディレクターもいた。彼らが叩き出されるようにして解放され、すぐに「被れ！」の号令が飛んだ。

それは袋状の布で、中世ヨーロッパの死刑執行人が被っていた頭巾を彷彿させる。

「被って分かったと思うが、何も見えないだろう。諸君らの視界を奪って逃走を防止するのが目的だ。不自由だと思うが、しばらく我慢して欲しい」

次いで、袋を配った男がポケットから結束バンドを出し、見学客達を後ろ手にして親指と親指をその結束バンドで縛っていく。

その作業は間もなくして終わった。

「それでは体育館に移動しよう。刑務官の諸君、人質を体育館まで誘導してくれ」近藤が仲間の一人に目を向ける。「そこの死体も運べ。まだ使える」

外に出ると作田が大声で叫び始め、刑務官達が足元のおぼつかない見学客達をゆっくりと誘導する。

その様を、遠巻きにしている他の刑務官達が苦々しい表情で見つめていた。

体育館までは一〇〇メートルほどの距離だったが、五分以上かかってようやく到着した。広さは縦四〇メートル、横三〇メートルといったところで、正面には演壇もある。

近藤が刑務官達に、「全てのドアを施錠して、窓に暗幕を張れ」と命じた。

暗幕は自動開閉できるようで、次々に窓が覆われていく。次いで照明が点り、人質達が体育館の中央に集められた。

「さて、準備は整ったようだ。諸君、座ってくれて構わない。だが、私語は禁止する」

人質達が床に座り、死体を担いでいる近藤の仲間が「この死体はどうします？」と問う。

「演壇横の倉庫にでも放り込んでおけ。後で使う」

「了解」

「トイレに行きたくなった者は申告するように。我慢させたりはしない。では刑務官の作田君、速やかに、受刑者全員のデータをプリントアウトして提出してくれ」

「はあ？」

「これが最後だ、二度とは言わない。受刑者全員のデータをプリントアウトして提出したまえ」

受刑者のデータなど何に使うつもりだろう？

「ここの受刑者は三千人近くいる。全員のデータをプリントアウトするにはかなり時間が――」

「構わない、時間はたっぷりあるさ。それと食事の用意だ。ここには受刑者用の食料がストックされているだろう？　適当に持ってきてくれ。加えてもう一点、テレビを運んでもらおうか。大型のディスプレイがいいな」

作田が首振り人形のように何度も頷いて立ち上がり、出入り口に向かって駆けていく。

その作田の背中に、「君が戻らないと誰かが死ぬことになる。それを忘れないように」と近藤が脅しをかける。

作田が外に出て、近藤が香に目を向けた。

「リポーターの君。名前は？」

「き、君島――香です……」

「テレビ局に電話して、さっき言ったことを伝えてくれ」

「中継スタッフの手配ですか……」

恐怖のために声が上擦（うわず）る。

「そうだ」

まずは言われたとおりに行動することだ。震える手でジャケットのポケットからスマホを出し、アナウンス部を呼び出した。

「君島です」

《おう！　君島君――》

部長の声だった。

《今しがた、ディレクターから状況は聞いた。無事か！　内海君は！》
部長がまくし立てるように言う。
「二人とも無事です」
《良かった……》
安堵の溜息が混じった声だった。
「部長、よく聞いてください。彼らの要求を伝えます」
《ちょっと待て》
その声のあと、《おい！　この電話、録音せぇ！》の声が聞こえてきた。
騒然となるアナウンス部が目に見えるようだ。
《えぇぞ。言うてくれ》
「銃撃犯達はこう要求しています。まず、中継スタッフの手配をと」
《そんなもん、言われんでもする》
「違うんです。刑務所内の中継を要求しています」
《何やて？》
「これからここで起こることを具に中継しろと」
《何考えとるんや？　銃撃犯は何人おるんや？　人質の数は？》
答えていいかどうか分からない。下手に教えたら彼らの逆鱗に触れるかもしれない。
すると、近藤がスマホを奪い取った。

同時に、微かな匂いが漂う。確かにどこかで嗅いだ匂いだが、どこだったか？

「初めまして。プリズンジャック犯のリーダー、近藤だ。……君島君が言ったように、これからここで起こることを全国中継してもらいたい。中継用のカメラを刑務所正面玄関で受け取るからすぐに用意するように。それと、リポートと撮影は、引き続き君島君とここにいるカメラマンにさせるからそのつもりで。……目的？　いずれ分かる。……それと今後の連絡方法だが、この携帯とそちらの電話を使う」近藤が香を見る。「しばらくお借りする」

断れるはずもなく、頷くことしかできなかった。

「……今現在、犠牲者が一人いる。……我々の指示に従わなかったからだ。……今後も同じだよ。我々にとって不都合な行動を取れば容赦なく射殺する。今のところ全員聞き分けが良くて、大人しくしてくれているがね。……人質の数？　男女合わせ二十五人だ。男性が十七人、女性が八人。では後ほど」

近藤が通話を終えた途端、香のスマホが鳴った。近藤がディスプレイを見る。

「男性からのようだ。君島君、悪いが無視させてもらうよ。中継が始まれば、この人物も君が置かれている状況を理解するだろう」

近藤が着信を切った。

3

午後六時二十分　千代田区有楽町——

舟木と晴美が映画館を出ると、外はすっかり夜の帳が下りていた。

「面白かったね」と言う晴美に、「そうだな」と生返事を返す。

恋愛映画なんか観たくもなかったが、晴美が主人公を演じている若手俳優のファンで、どうしても観たいと言うから渋々付き合ったのだった。上映開始から五分と経たずに眠ってしまい、起きたのも終了数分前。内容なんか一つも分からない。

晴美が腕を組んできて「お腹減った」と言う。

「居酒屋にでも行くか？」

「うん。喉も渇いたし生ビール飲みたい」

二人して数寄屋橋の交差点を渡ると、晴美が「ねぇねぇ。あれ」と言った。

晴美の視線の先には縦型の電光掲示板があり、『大阪刑務所でテロ発生』という文字が映し出されている。思わず足を止めて続報を待った。

「どういうこと？」晴美が言ってスマホを出す。「トピック、出てるかな？」

すぐに続報が表示された。

「おい。出たぞ」

晴美も電光掲示板を見る。

『本日午後四時過ぎ、銃器で武装した集団が大阪刑務所（堺市）を占拠。人質多数を取って立て籠っています。また、武装集団は刑務所内の様子を中継するよう要求しているとのことです』

電光文字が消え、新たな続報が出る。

『昨日と今日、大阪刑務所では関西矯正展が催されており、一般の見学客も受け入れていました。当局は、武装グループがその矯正展を狙って犯行に及んだものと見ています』

「刑務所が乗っ取られるなんて――」

晴美が唖然とした表情で言う。

「前代未聞だな。今頃、大阪府警は蜂の巣をつついたような大騒ぎだぞ」

無論、政府も警察庁もだろうが――。

「でも、刑務所なんかジャックしてどうする気かしら？」

「早く中継が始まらないかな」

電光掲示板が、また『大阪刑務所でテロ発生』の文字を映し出す。続報はないようだ。

「行きましょ。飲んでるうちに中継が始まるわよ」

「そうだな」

それから数分歩き、激安で有名な居酒屋チェーン店に入った。

場所が場所だけに店内は盛況で、そこかしこで刑務所ジャックの話をしているではないか。これでしばらく、世間もメディアも刑務所ジャックに狂騒するだろう。

生ビールのジョッキが運ばれ、二人が乾杯したところで、どこかの席の客が「中継、始まったぞ」と言った。

スマホのワンセグ機能で中継を呼び出す。

ジョッキ片手に操作を終え、ビールを半分飲んでディスプレイを睨みつけた。

まず映し出されたのは、ヘリからの映像だった。『大阪刑務所上空から中継』のテロップがある。巨大な施設が闇に浮かび、その周りには無数の赤い点滅。少なくとも、二百台以上の警察車両が集結している。

次に映し出されたのはマイクを持った中年の女性キャスターだった。いつもは午後十一時の民放のニュース番組に出ているが、大阪に派遣されたようだ。彼女の後ろには高い塀が続いており、まるで働き蟻の集団の如く、夥しい数の警官が慌ただしく動き回っている。

キャスターがマイクを口に近づけた。

《私は今、大阪刑務所の正面玄関前にきております。ご覧のように、ものものしい警戒態勢です。情報によりますと、見学客の男性一人が拳銃で射殺され、武装グループは人質になっている方々と数人の刑務官を連れて体育館に立て籠ったとのことです。射殺された男性は正面玄関のエントランスで撃たれたらしく、遺体は現在、体育館にあるそうです。これから中継カメラを刑務所内に運び、OSS放送のリポーターとカメラマンがそれを受け取って中継を始めます。このリポーターとカメラマンですが、偶然、ここ大阪刑務所で催されていた関西矯正展を取材していて人質になったそうです》

女性キャスターが大阪刑務所についてざっと触れる。

《解放された方々によりますと、武装グループは三人だそうです。しかし、刑務所内に仲間が潜んでいる可能性もあり、人質の安全確保のためにも、当局は刑務所内に立ち入らない方針を固めました》

相手の数が分からないのが一番厄介だ。下手に手を出せば思わぬ所から反撃を喰らう。

「場所は刑務所よ。刑務官は銃の使用を許可されているのに、どうしてこうも簡単に制圧されたのかしら？」

晴美が眉を顰めて言う。

「理由は幾つか考えられるけど、一番は人質を取られたことだろう。それに、刑務官が受刑者を対象とした訓練しかしていないこと。脱走、暴動については制圧部隊を編成して定期的に鎮圧訓練しているそうだけど、外部から侵入した敵に対処する訓練はされていないと聞いた。まだあるぞ。刑務官は警官と違って刑務内でしか銃を持てないし、しかも正当防衛でしか発砲できない。つまり、自分が攻撃されないと身動きできないんだ」

「緊急避難的に、武装グループと交戦できないの？」

「外国なら法を無視してでもやるかもしれないけど、日本人には無理だろう。『外国が攻めてきても抵抗するな。黙って殺されろ』っていう馬鹿げた憲法を守れと、子供の頃から教えられているからな」

「そんな馬鹿な！　それにどうして、刑務官を縛る法律を今まで改正しなかったのよ」

「何十年も刑務所が襲われなかったからだろう。一九七〇年代だったかな、一度、法改正の議論がされたことがあるらしい。一九七〇年代といえば左翼過激派の全盛期で、彼らによって刑務所が襲撃され、受刑者が奪取される可能性があったからだ。でも、過激派の勢力が急速に衰えて法改正の話も立ち消えになった」

「よく知ってるね」

「これでも刑事だぞ」

「忘れてた——」晴美が舌を出す。「だけど、刑務所って案外無防備だったのね」

「外部からの攻撃に対してはな。その盲点を武装犯は衝いたんだろう。おまけに、今日は矯正展まで行われていたから見学客も大勢いて、人質には事欠かない。武装犯は法律のこともよく勉強しているようだけど、今回のことで法改正されることは必至だ」

すると男性の声をマイクが拾い、キャスターが振り返った。同時にカメラがパンして、テレビカメラを持って階段を上る男性を写す。

《中継カメラを持ったＯＳＳ放送の職員が、刑務所の正面玄関に向かっています》

カメラが刑務所の正面玄関をズームし、制服姿の男性を写した。刑務官だ。

あちらこちらで、客達が「どうなるんだ？」と言っている。

テレビ局の職員が階段を上り切り、刑務官と何やら言葉を交わしている。

《え～、たった今、中継カメラが刑務官に渡されたようです。刑務所内からのコメントと映像を待ちたいと思います。一旦、スタジオにマイクをお渡しします》

すぐにスタジオ内の映像に切り替わり、男性キャスターが《皆様、こんばんは》と告げた。

その後、次々にコメンテーター達が紹介され、最後に、元刑事で犯罪ジャーナリストを自称する男性が紹介された。

《大変なことになりましたね》男性キャスターが言い、犯罪ジャーナリストに視線を向けた。《刑務所が乗っ取られましたが、警備に落ち度があったと見ていいんでしょうか？》

《それは否(いな)めないと思います。矯正展には一般人も多く訪れますから、もっと警備人員を増やしておくべきだったでしょう。まさか刑務所がジャックされるとは思わなかった。その心の隙を衝かれたん

だと思います》

《武装集団は、『これから刑務所内で起こることを具に中継しろ』と要求しているそうですが、目的は何だと思われますか？》

キャスターが質問を続け、犯罪ジャーナリストが首を傾げる。

《全く分かりません。何を見せようとしているのか——》

晴美も首を捻った。

「犯人達、何を考えているのかしら？　それに、銃をどこで調達したのか——」

「今の時代、銃なんて金さえ出せば簡単に手に入るさ」

銃規制が厳しい日本でさえも、出回っている銃は四十万丁を超えると言われているのだ。密輸ルートは海上が殆どで、外国船から投棄された銃を漁船で回収するという手口。これは覚醒剤も同じである。いずれにしても、密輸関係にも詳しい連中ということになるか。

「金銭の要求、あるんでしょうね」

「当然さ」

焼き鳥を頬張るうちにスタジオの雰囲気が変わった。大阪刑務所から呼び出しだ。

《こちら大阪刑務所前です。刑務所内の映像が間もなく得られるとのことです》

カメラも女性キャスターに切り替わる。

画像が乱れたかと思うと、別の女性の声が聞こえてきた。

《こちら君島です。聞こえますか？》

リポーターは君島という女性らしいが、明らかに声が上擦っている。修羅場に遭遇したことがないだろう女性にとって、自分が置かれている状況は信じ難いに違いない。この女性の心中は如何ばかりか。

《聞こえます》と女性キャスターが答える。《君島さん、ご無事ですか？》

《はい……。無事――です。ですが、男性お一人が犠牲に……》

すぐさま、若いリポーターの美しい顔が映し出された。彼女の後ろには、黒い頭巾を被って体育座りをしている大勢の人の姿があり、自動小銃を肩から下げた黒ずくめの人物達が彼らを取り囲んでいる。日本中がこの映像を、固唾(かたず)を呑んで見つめているに違いなかった。

突然、カメラの前に黒ずくめの人物が立ち、リポーターからマイクを奪い取った。

《ここからは私が質問を受ける。まず自己紹介しておこう。近藤だ》

重低音の声だった。この男がリーダーか。

「偽名よね」と晴美が言う。

「だろうな。便宜上、名前があった方が話し易いし」

さて、どんな要求を突きつけてくるか。

《近藤さんですね》

女性キャスターが確認する。

《そうだ。今後はこのカメラを通し、君とだけ話をする、政府、警察関係者との接触は一切しない。

従って、君の役割は重要だ》

突然のことでキャスターも慌てているだろう。息を呑む彼女の姿が見えるようだ。
《我々はある願いを実現するために決起した。だが、それを実現するためには取り除かねばならない障害がある》
《障害――ですか？》
《そう、この日本に巣くう売国奴どものことだよ。よって、その障害を強制的に取り除く》
この連中は思想犯ということか？
《では、あなた達の願いとは？》
《この国を守ること》
国を守るために実現しなければならないこと？　加えて近藤は、『この日本に巣くう売国奴ども』とも言った。そして近藤達は思想犯の可能性がある。まさか、憲法改正を言っているのか？
《あなた達が売国奴と呼んでいる人物の、具体的な名前は？》
《民主主義を語る、赤い連中だよ》
憲法改正に強硬に反対している野党のことだろう。うち一つは公安の監視対象にもなっている。
《民生党、友愛党、社共党、共生党の連中だ。奴らは与党の足を引っ張るだけでなく、中には朝鮮半島から工作員を呼び寄せている政党もある。戦後の日本が生んだクズどもだ》
《先程、強制的に取り除くと仰いましたよね》
《ああ、言った》
《どうなさるおつもりですか？》

《抹殺する。よって、四党の党首をここに連行することを要求する》
《そんな要求、政府が受け入れるとでも？》
《受け入れるさ。こっちは約二千八百人の受刑者と二十五名の一般人、それに数名の刑務官の命を握っているんだからな。クズ四人の命と、こっちの人質の命と、どちらが大切か考えるまでもあるまい？明日の午前零時までに、クズ四人をここに連れてきてもらおうか。もし、時間までに要求が聞き入れられない場合は、十分過ぎる毎に誰かが死ぬことになる。これは脅しではない。すでに伝わっていると思うが、我々は一般人を一人射殺した。カメラマンの君、あの死体を写してきてくれ》
武装犯の一人が「こい」と言い、ファインダーがその男の背中を追う。
そして演壇横のドアが開かれるや、俯せに横たわる人物が映し出された。上半身が血に染まっている。
晴美がスマホから目を逸らした。
カメラが元の位置に戻り、再び近藤を映し出した。
《彼は私の忠告を無視して口を開いた。その結果があれだ。とはいえ、これ以上は一般人を巻き込みたくない。だからこそ、ここ大阪刑務所を襲撃した》
《仰っている意味が理解できませんが――》
《ここに収監されているのは、刑期八年以上を喰らった凶悪犯罪者ばかりだ。言ってみれば社会のゴミクズ。そんな連中を殺しても心が痛まないと言っているんだよ。まかり間違っても、受刑者達をどこかに移そうなどとは思わないように。そんなことをすればここにいる一般人が犠牲になる》
「受刑者だって人間なのに――」

晴美が言う。

「でも、奴らはそう思っていないみたいだな」

果たして、国民の何割が晴美と同じ考えだろう？　受刑者が殺されて同情する人間がどれほどいるだろう？

《では、一旦お別れする。またこちらから呼びかけるから、いつでも対応できるように》

画面がブラックアウトし、女性キャスターの顔が映った。彼女の心中も穏やかではないようで、どこか顔が強ばっているように見える。これから先、政府や警察の指示を近藤に正確に伝え、尚且つ、近藤を怒らせないように細心の注意を払って言葉を選ばなければならないのだ。しかし、キャスターとして浴びる脚光は計り知れないだろう。間違いなく彼女の名は歴史に残る。

《視聴者の皆さん、お聞きになられたでしょうか？　武装集団はとんでもない要求を突きつけてきました。名指しされた各党首の方々は、今の中継をご覧になってどう対処されるのでしょう。そして、政府と警察の対応が待たれます》

「名指しされた連中、腰を抜かしてるだろうな」

「そうよね。犯人は彼らを取り除くって言ってるんだから、要求を呑めば殺されるってことだもんね。どうするのかしら？　犯人の要求を拒否したら人質が殺されるし――」

「公約違反してもケロッとしてる連中だぞ。何だかんだ理屈をつけて、テロリストの要求は呑めないとか言うんじゃないか？　あるいは、急に入院したりして」

「それで人質が死んでも？　自分達の命が助かっても世論は彼らを許さないと思うけど」

「世論を気にする連中なら公約を守っていたさ。政治家生命を絶たれても死ぬよりはマシだろ？」

「そうかもしれないけど」

「もし、連中が犯人の要求を受け入れたら拍手してやる。でもまさか、刑務所がジャックされるなんて」

「ホントよね。矯正展に目をつけた犯人連中、頭が良いって言うか――」

普段なら刑務所ジャックなど絶対に成功しない。だが、今日は特別だ。矯正展というイベントが、その不可能を可能にしたのである。刑務所の内外には人質になってくれる一般人が溢れている。刑務所側も警察も、まさかテロリストが一般人を人質にとって刑務所に立て籠るとは想定さえしていなかっただろう。

「政府も警察庁も大阪刑務所の関係者も、全員が頭を抱えているんじゃないかな」

「だよね」

対岸の火事ではないが、東京にいる自分にとってはどこか他人事（ひとごと）のように感じられた。

4

中継が終わって間もなく、刑務官の作田が手提げ鞄を両手に持って戻ってきた。

「食料とテレビは外にある。私一人では運べないから、外にいる刑務官達に手伝ってもらった」

「よろしい。アンテナは？」

「体育館の中に接続端子がある。アンテナケーブルも長い物を用意した」

「感謝する。他の刑務官の諸君、食料とテレビを中に運んでくれ」

すぐに食料とテレビが運び込まれ、テレビが演壇の上に設置された。

作業が終わり、作田が「伝言がある」と告げる。

「何かな？」

「大阪府警本部長が直接話がしたいそうだ」

作田が制服のポケットからスマホを出す。

「このスマホを使って欲しいと」

スマホを受け取った近藤が、いきなりそれを床に叩きつけ、ブーツで乱暴に踏みつけた。それから香のスマホを出し、操作してから耳に当てる。

「……アナウンス部の部長さんか？　近藤だ。……大阪府警の本部長にこう伝えてくれ。『君達と話し合う気はない。さっきも言ったように、意思の疎通はカメラを通してする』と。……以上だ」通話を終えた近藤が人質達に目を向ける。「食事は五人ずつしてもらう。一旦、両手の自由を与えるが、頭巾からは口だけを出すように。守らなければ殺す」

人質の一人がトイレを要求し、作田が付き添って外に連れ出した。

「では、作田君以外の刑務官達は外に出るように。君達の仕事は終わったから解放する」

刑務官達が『意外だ』という顔をした。ずっと拘束されると思い込んでいたようだ。

「聞こえないのか？　早く出て行け」

近藤に促され、刑務官達が外に消えて行く。

作田がトイレを済ませた人質を連れて戻ってきたが、同僚達がいないことに驚きはしなかった。外で彼らに会って事情を聞いたのだろう。

近藤が書類の束に目をとおし始めた。受刑者のデータに違いない。他の武装犯達はというと、一言も発さずに人質達を見張っている。静寂がこの空間を包み、人々の息遣いだけが聞こえてくるようだ。

腕時計を見ると午後七時になろうとしていた。近藤は午前零時まで猶予を与えたから、それまで五時間。果たして、野党の党首達は近藤の要求を呑んでここにくるだろうか？

渡されたパンを見つめるが食欲など全くない。パックの牛乳で口の中を湿らすのが精一杯だった。自分もそうであるように、人質一人一人に家族がいて、どれほど心配していることか——。普段は両親のことなど考えもしないで生きているが、こんな極限状態に置かれたことで、思い浮かぶのはその両親のことばかり。もし、自分が生きてここを出られなかったら二人はどんなに嘆き悲しむだろう。ひょっとしたらさっきの着信は、父からのものではなかったか？　知らず、顔の前で手を組み、それに額を押し当てていた。夢なら早く覚めて欲しい——。

それからも、一分一秒がとてつもなく長く感じられた。人質達の表情さえ窺い知ることができぬまま、時は過ぎ去って行く。

それにしても、あっと言う間にこんな芸当をやってのけるとは——。この武装犯達はかなり訓練されているようだが、どこで訓練を受けたのか？　近藤が日本人だということは彼の言動と流暢な日本語から疑いようがないとして、他の二人も日本人なのだろうか？　外国人も交じっていると考えた方がいいのだろうか？

慣れというのは恐ろしいもので、時間の経過と共にこの極限状況からくるストレスに耐えられるようになっている自分に驚く。

近藤が左手にコピー用紙を何枚か持ち、それを右手で叩いてみせた。

「そろそろ準備に取りかかる。この受刑者達をここに連れてくるように」

作田が手を伸ばしてコピー用紙を受け取り、一枚一枚確認していく。

「十名か――」

「とりあえずはね。いずれ劣らぬ悪党どもだが、役に立ってもらう」

「何をする気だ？」

「政府が我々の要求を呑まない場合は、まず、その十人を殺す。私も人間だから罪もない一般人を殺戮するのは心が痛むが、悪党なら話は違う。しかし、十人を殺しても要求が受け入れられない場合は」

近藤が人質達に目を向けた。『彼らを順番に殺す』という意思表示だ。脅しでないことは実証されている。

「まあ、死体が出るか出ないかは政府の判断次第だけどね」

為す術もないといった顔の作田が、重い足取りで出入り口へと歩いて行く。無理もない。死刑が行われないこの刑務所で、死刑囚を連行するようなものなのだ。選ばれた十名の受刑者も、まさか自分がこれから処刑されるかもしれないとは夢にも思っていまい。その状況に置かれた時、彼らはどんな反応を示すのだろう。どれほど取り乱すだろう。

近藤がこっちを見た。

「君島君。少々残酷な場面を見ることになるかもしれないが、その時は定めだと思って諦めてくれ」

冗談ではない。どうして理不尽な殺戮を直視しなければならないのか。とはいえ、拒否などできないからトラウマを抱えることになるのは確実だ。精神が耐えられるだろうか？　頭巾を被せられている人々が羨ましくもある。

そんな香の心中を察したのか、近藤が「なぁに、殺されるのは悪党だ。映画でも観るような気楽な気持ちでいればいいさ」と軽く言う。

何のフォローにもなっていない。

「でも――人権が……」

精一杯の反論だったが、近藤が大声で笑う。

「凶悪犯罪者に人権などないよ。それに、彼らが殺されて喜ぶ人間がいることを君は忘れている」

「被害者遺族のことですか？」

「そうだ。彼らは我々に感謝するさ」

その意見については否定できなかった。身内を殺された者の怒りは筆舌に尽くし難いに違いなく、多くの犯罪被害者遺族が一度は復讐を考えると聞く。その感情を、倫理とか法治国家だからとかいう言葉で抑えつけているとも――。

「それでは外の様子を見るとしようか」

近藤がリモコンを握るや、テレビの画面に大阪刑務所を上空から捉えた映像が映った。無数の蠢く人間と、夥しい数の警察車両がここを取り囲んでいる。

「盛況ですね」と武装犯の一人が言い、「予想以上だ」と近藤が答える。

女性キャスターが現在までの経緯を説明しており、政府の対応についても述べ始めた。

《官房長官の談話です。『政府としてはテロリストの要求には一切応じない。粘り強く交渉を進め、人質救出に全力を挙げる』とのことですが、すでに一般人一人が射殺されており、どのようにして犯人グループを説得するのでしょうか？　新たな犠牲者が出ないことを願うばかりです》

「政府は馬鹿の集まりか？　あの死体を見たっていうのに、どこをどう突っつけばそんなコメントが出るんだ？」

近藤が小馬鹿にしたように言い、仲間達の失笑が目出し帽の下から漏れてくる。


それから十五分も経っただろうか、テレビを見ていた近藤が「出てきたぞ」と言った。

画面はドローンからの空撮で、髪を短く刈った囚人服姿の男達が一列になって歩いている。ちょうど十人いるから、近藤がピックアップした受刑者達に間違いない。彼らは手錠をかけられ、まるで電車ごっこをしているかのように、一本のロープで腰の辺りも縛られ、繋がれているのだった。

ドローンは受刑者達を写し続け、彼らが体育館前で立ち止まった。

出入り口のドアが叩かれ、香の心臓が大きな鼓動を打ち鳴らす。作田だ。続いてドアが開かれる。

最初に入ってきたのは、抉れた眼窩（がんか）の痩せぎすな男だった。次々に受刑者達が入ってくるが、犯した罪に相応な凶悪な人相の男もいれば、この人が殺人を犯したのか？　と疑いたくなるような真面目そうに見える男もいる。最後に入った作田がドアを閉めた。

この場の光景を目の当たりにして、受刑者の誰もが「どうなってんだ?」と口にする。

作田としても、自分の口から事情を説明することはできなかったようだ。誰だって、『お前達は処刑されるかもしれない』とは言えないだろう。

近藤が天井に向かって発砲すると、建築材の破片が降ってきた。受刑者達が青ざめ、説明を求めるような目で作田を見る。

「私が説明しよう」と近藤が言う。「これから、君達を処刑することになるかもしれないからそのつもりで」

まるで他人事のような口ぶりだ。

「処刑って何のことだよ!」

先頭にいる痩せぎすな男が大声で言う。

「政府に、我々の要求を聞き入れてもらうための方策だ。そして、社会のゴミクズである君達が選ばれたというわけさ」

「ふざけんな! 俺たちゃ、ちゃんと罪を償ってんだぞ」

先頭から二人目の男も吠える。

「そうかな? 償い足りないと私は思っているが――。いずれにしても間もなく、君達が処刑されるか助かるかが分かる。作田君、面倒だとは思うが、彼らに詳しい経緯を教えてやってくれ」

作田の唇が歪む。彼の心の内が見えるようだった。

作田がポツリポツリと話し始め、受刑者達が「嫌だ。嫌だ」と言って首を横に振る。

「死にたくねぇよ！」

一番若そうな男が言って後退りし、両隣の男達が引っ張られるようにして後ろにひっくり返った。

慌てふためくとはこのことだろう。突然突きつけられた宣告に為す術がないのだ。できることは、殺さないでくれと懇願することのみ。彼らが凶悪犯であることは重々承知しているが、哀れでならない。近藤こそ殺されて然るべき男ではないか！

「お前達に殺された被害者も、死にたくないと思ったんじゃないのか？」

図星を指されたとみえ、受刑者達が押し黙る。

「それなのに、自分達は死にたくないか——。呆れるな。ゴミども、跪いて手を頭の上に乗せろ」

受刑者達が次々に膝を折っていく。

「カメラマン。この光景を写せ」

内海がカメラを担ぎ、近藤は香のスマホを出した。

「……近藤だ。これから中継を始める」

テレビ画面が瞬時に切り替わり、跪く受刑者達を映し出した。

近藤の目配せで、香もマイクを握ってカメラの前に立つ。

近藤がマイクを持つ手を引き寄せた。

「ところで、野党四党の党首達の動向は？」

《こちらに向かっていると聞いています》

女性キャスターが答える。

「よろしい。ということは、彼らは素直に我々の要求を呑んだということだな」

《そうだと思います》

突然、ノンフレームメガネをかけた中年男性が画面に割り込んできて、女性キャスターの隣に立った。国家公安委員長だった。

「国家公安委員長か。誰がそこに立っていいと言った？　私は、彼女とだけ話すと言ったはずだぞ」

近藤は怒っているようで、声のトーンが一オクターブ低い。

《それは承知しているが、素人(しろうと)を仲介役にするのは感心しない。これからは私と話してくれないか？　頼む！》

公安委員長が頭を下げる。

だが、近藤は踵(きびす)を返すと、先頭で入ってきた受刑者の前まで行き、警告もなしに自動小銃の引き金を引いた。

轟音が鼓膜を衝き、額を撃ち抜かれた受刑者がその場に転がる。人質達が微かな悲鳴を漏らした。あまりにも突然のことで目を背けるいとまもなかった。今の光景が頭の中を何度も駆け巡り、改めて自動小銃の威力の凄まじさに心が凍りつく。頭蓋の後部が吹き飛んで、辺りには脳漿(のうしょう)らしきものが散乱しているのだ。恐怖と悲しみが入り混じり、知らず涙が溢れて頰を伝う。

横たわる受刑者の頭部から流れる血が、近藤のブーツにまで届こうとしている。

テレビを見ると、公安委員長の顔も凍りついていた。

「この受刑者が死んだのは君のせいだ。国家公安委員長、ペナルティーとしてタイムリミットを二時間繰り上げる」

《待て！　待ってくれ！》

「聞く耳は持たん」近藤がズボンの後ろポケットに入れてあったコピー用紙を出して広げ、一枚一枚確認していく。「これか――。今撃ち殺したクズの名前は辻本誠司、四十七歳。東京都渋谷区のマンションに押し入って、当時二十五歳だった妊娠中の主婦を刺殺して現金十三万円を奪い逃走。酷いことをするじゃないか――。辻本に奥さんを殺されたご主人、ご覧になったかな？　奇しくも、私があなたの奥さんの敵を討った」

平然として言った近藤が、辻本の遺体を踏みつけた。

よく見ると、内海の目からも涙が流れていた。彼も悔しさに堪えきれないのだろう。

「国家公安委員長、いつまでそこにつっ立ってる気だ？」

ようやく我に返ったようで、国家公安委員長が引き攣った顔のまま画面から消えた。

近藤が腕時計を見る。

「現在は午後七時二十五分。タイムリミットを繰り上げたから残りは二時間三十五分だ。クズ野党の先生方に教えてやってくれ。いや、テレビに齧りついているだろうから分かっているかな。では、先生方が到着したら電話をくれるように。カメラマン、中継を終えろ」

内海がカメラを肩から下ろした。

5

「とうとうやりやがったな」

舟木は拳を握り締めた。

晴美も唇を嚙む。

「強行突入できないのかな？　ＳＡＴは？」

「狭い部屋なら閃光弾とか催涙弾で敵の動きを封じ易いけど、体育館じゃ広過ぎて無理だ。おまけに、中の様子は中継カメラのファインダーを通してしか分からないし、しかも部分的。突入した瞬間に人質が撃たれちまうよ。当然、狙撃も不可能だ」

「ムカつくなぁ。やりたい放題じゃないの！」

そのとおりだ。

「続きは俺の部屋で観るか。落ち着いて飲めないし」

「そうね」

レシートを持って立ち上がった矢先、携帯が鳴った。堂安からだ。出動命令か？

「舟木です」

《テレビ観てる？》

呼び出しならそんなことは尋ねないはずだ。

「大刑（だいけい）のことですか？」
《そうよ》
「観てましたよ」
《じゃあ、今は観てないってことね》
「はい。外出していてこれから帰宅するところです」
《帰宅したら電話して》
堂安はそれだけ言って電話を切った。
何だ？
「誰から？」
「堂安さんだったけど呼び出しじゃなかった。帰ろう」

有楽町駅まで歩いたが、晴美はスマホを睨みつけたままだ。それから電車を乗り継いで、官舎に着いたのは午後八時半過ぎだった。途中、晴美が何も言わなかったから状況は変わっていないようだ。

部屋に入ってまずテレビを点けた。どのチャンネルも大阪刑務所からの中継である。

「ビール取ってくる」

キッチンに行って冷蔵庫から缶ビールを二本出し、リビングに戻った。

カウチに座ってプルタブを引くと、テレビの画面が切り替わってマイクを持った男性が映った。空港のようで、彼の後ろにもマスコミ関係者と思しき人間が大勢いる。

《こちらは関西空港です。大阪刑務所の一件を受け、野党四党の党首達が乗った飛行機が先程到着しました》

「おいおい、本当に武装犯達の要求を呑む気か？」

「そうだったら拍手してあげるんでしょ？」

晴美もプルタブを引く。

「うん――。でも、いざとなったら尻込みするかもしれないぞ。タイムリミットまで一時間半あるし、それまではいいとこ見せとこうと考えてるのかもな。そしてタイムリミット内に事件が解決すれば、連中にとっては万々歳だ。『自分達は国民を守るために命を捧げようとしていた』と言える。だから内心、祈るような気持ちじゃないのか？」

マスコミの連中が動きを見せ、リポーターも振り返る。

《出てきたようです》

正面玄関から出てきたのは、腫れぼったい目をした頬の垂れ下がった男性だった。社共党委員長の土方宗正（ひじかたむねまさ）だ。二重顎と首のぜい肉がカッターシャツの襟に乗り、腹を突き出すような格好で車に向かっている。他の党首達も続々と出てくる。

マスコミが一斉にカメラのフラッシュを浴びせ、土方が立ち止まった。

《我々は逃げも隠れもしない。武装犯の諸君、すぐに人質を解放しなさい。こんな暴挙が許されると思っているのか！　ここは法治国家の日本なんだ。言いたいことがあるなら、正々堂々と言論でかかってきなさい！》

土方が人差し指を突き立て、唾を飛ばしながら捲し立てる。威勢が良いのは毎度のことだが、お得意のパフォーマンスか、それとも本心か？

「相変わらず威勢だけはいいわね」と晴美も言う。

《政府も政府だ。早く何とかしたらどうなのか！》

土方が吠える。

「それができたら苦労しないわよ」

晴美がまたまた突っ込む。

「ああ、そうだった。堂安さんに電話しなきゃ」

カウチを離れて寝室に移動し、堂安を呼び出した。

《帰った？》

「はい。今しがた」

《じゃあ問題。武装犯達の行動をどう見る？》

「私の意見など求めないと仰っていましたけど？」

《勘違いしないで。あなたの、警官としての心構えを知るための質問よ。まさか、対岸の火事よろしく、野次馬気分で中継を眺めていたわけじゃないでしょうね》

図星だった。確かに対岸の火事だと思っていた。

《返事がないということは、図星か――》

堂安の舌打ちが聞こえた。

「ですが、現場は大阪ですよ」
《現場がどこであろうと、遠く離れた場所で起きている事件であろうと、決して自分は無関係だと思わないで。確率は限りなくゼロに近くても、その事件が迷宮入りした事件を解く鍵になることだってある。事実、一課長がそんな経験をしたと聞いたわ。まだ一課長が現場に出ていた頃、強盗容疑で北海道で逮捕された男が、東京で起きた迷宮入り事件の真相を語ったことがあったそうよ》
「分かりました」
《それにしても、手際がいい連中よね》
「同感です」
《だけど、連中はどうして射殺した遺体をわざわざ体育館に運んだ？　男性は正面玄関のエントランスで射殺されたと女性キャスターは言っていたけど、普通は遺体なんかその場に放置しておくでしょ》
「そうですよね」
《それなのに敢えて体育館に運んだ。考えられる理由は何？》
そんなこと、いきなり言われても――。だが、答えないとまた舌打ちされそうだ。取りあえず、適当に答えることにした。
「他の人質達に遺体を見せて、恐怖心を与え続けるためでしょうか？」
《あんた馬鹿？》
さすがにムカッときた。しかも、あんた呼ばわりだ。
「違うんですか？」

《当たり前でしょ。遺体は演壇横の倉庫に放り込まれてたのよ。しかも、人質達は真っ黒な頭巾を被せられているから視界を奪われていると考えるべき。それなのに、遺体を見せて恐怖心を与え続けるですって？　あんたの頭は腐ってんの？》

いちいちご尤もな御高説だが、物言いに棘があり過ぎる。

「答えを教えてください」

《そんなの、今の段階で分かるわけないでしょ》

開いた口が塞がらない。

《だけど、有力な仮説は一つある》

「と仰いますと？」

《ひょっとしたら、あの死体は二度と見つからないかもしれない》

「え？」

《どうして連中は、真っ先に一般人を射殺した？》

「忠告を無視したからだって近藤は言ってましたけど――。つまり、怒らせたから」

《自動小銃を持った相手を？　ねぇ、中国人の犯罪グループが荒っぽい稼ぎをしていること知ってる？》

「勿論です。強盗、窃盗、なんでもござれだそうで――。最近は中国国内で他人の戸籍を買って、正規に入国して荒稼ぎするパターンが増えているとも聞きますね」

《そう。だけど、入国方法は変わっても犯行の手口は同じよ。これは国民性かもしれないけど、強盗する場合、日本人はまず脅しをかけてそれから金の在り処を訊き出す。でも、中国人はもっと合理的。まず相手に傷を負わせ、例えば太腿をナイフや庖丁で刺して痛みを与える。そうすると、恐怖にかられた相手の方から金の在り処を喋るそうよ。訊き出す手間が省けるわね》
「武装犯達もそのパターンだと仰るんですか？　最初に誰かを殺してみせれば、残りの人質が恐れて従順になり、刑務官達も抵抗しなくなると」
《うん。デモンストレーションとしては最適でしょ？　何よりも連中は少人数だった。たったの三人で三十人ほどもいる人質を統制するのは大変よ。だから、『抵抗したら容赦なく射殺される』という恐怖心を人質達に植え付ける必要があったんだと思う》
「そのために仲間を見学客の中に潜り込ませて猿芝居を——。あの遺体、遺体じゃないのかも？」
《その可能性が高いと思う。何よりも、近藤はこう言った。『これ以上は一般人を巻き込みたくない』って》
「でも、血が出ていましたよ。ってことは、撃たれた時に出血したってことじゃないんですか？」
《映画やドラマで使われる弾着と血袋を使えばいい。連中は実弾も撃っているから、誰も空砲と弾着が使われたとは思わない》
「なるほど——。じゃあ連中は、ある程度は人道的ってことかもしれませんね。一般人を犠牲にしていないのかもしれませんから」
《あくまでも仮説だけどね》
「武装犯は中国系なんでしょうか？」

《それはどうかしら？　近藤は流暢な日本語を喋っていたし、思想的なことも話していた。中国人の手口を真似ただけかもしれない。いずれにしても、瞬く間に刑務所内に立て籠ったから、かなり訓練されているんだろうけど》
「アフガンとか、あの辺りでテロリストを養成していると聞きます。彼らもそこで訓練を受けたのかも」
《あるいは元軍人か。フランスには有名な外国人部隊があるし、日本人も所属していたと聞いた。まあ、いずれ彼らの正体は分かるでしょう――。連中はこれからも不可解な行動をするかもしれないから、その節穴同然の目を見開いてよぉく観察しなさい。また電話する》
「――はい……」
嵐が過ぎ去った時のような気分だ。リビングに戻ってテレビ画面を睨みつけた。

6

君島香は不安と恐怖の中で腕時計を見た。タイムリミットまであと四十分。

受刑者の遺体はそのまま放置されており、残りの受刑者達は膝を抱えて震えている。彼らにとって、これは拷問に等しいに違いない。一分一秒が、命を削られているように感じられるのではないだろうか。テレビはというとスタジオに場所を移し、MCと解説者、コメンテーターの会話を流し続けている。

突然、MCの顔つきが変わった。

《大阪刑務所からの続報です。たった今、野党四党の党首達が到着したようです。カメラを現場に切

り替えます》
すぐに、女性キャスターが映った。
《こちら大阪刑務所です。一分ほど前でしょうか、野党四党の党首達が到着しました。間もなく、代表して社共党の土方委員長がここにこられるとのことです》
すぐに土方が現れ、キャスターと並んだ。そしてカメラに向かって、《近藤君、土方だ。声を聞かせてくれ》と告げた。
土方の呼びかけに近藤が頷いた。
「カメラマン、私を映してくれ」
内海がカメラを担ぎ、程なくしてテレビ画面は二元中継となった。メイン画面が近藤を、右隅のサブ画面が土方を映す。
「ようやく出てきたか」と近藤が言う。
《君に提案したいことがある》
「言ってみろ」
《君は我々が憲法改正に反対していることが気に食わないようだね》
「当然だ。だからこそ、貴様らドブネズミを退治するべく決起した」
《それならば、我々を殺さずとも我々を国会から追放すれば済む話ではないのかね？》
この男は何を言っているのか？
近藤も土方の真意を測りかねているようだ。僅かに首を捻っている。

「何が言いたい？」
《我々には、国会議員を辞職する用意があると言ってるんだよ》
つまり、命が惜しいから国会議員を辞めると言っているに等しい。
《それなら文句はないだろう？》
「貴様らが政界に復帰しないという保証はない」
《復帰などするものか。約束する》
あからさまに近藤が溜息をついた。呆れているのだろう。
「この期に及んで往生際の悪い――。誰が貴様らの二枚舌を信用するか」
《天地神明にかけて誓う。引退したら復帰しない》
命がかかっているのだから必死になるのも無理からぬことだと思うが、あまりにもみっともない姿に反吐が出そうになる。
《近藤君、どうか考えて欲しい。そして人質達を解放してくれ》
「もう十分だ。私は疑り深い性格で、人間を信用しないことにしているんだよ。それに、ここで貴様らを殺しておかないと、左巻きの馬鹿連中に対する見せしめにならん。つべこべ言わずに早くここにこい。タイムリミット前にここにきたって誰も文句は言わん。却って賞賛されるぞ」
土方の顔が引き攣る。いずれにしてもこれで政治生命は終わるのだ。要求を受け入れれば近藤達に殺され、要求を拒否すれば国民から激しい非難を浴びせられる。『受刑者であっても人間だ。野党四党の連中は、命惜しさに受刑者達を見捨てた』と。それこそ、日本にいられないほどのバッシングを受けるだろう。言論の自由を盾にして、やりたい放題やってきたツケが回ってきたらしい。

「貴様と話したら気分が悪くなった。ペナルティーを科す」

近藤が振り返り、また受刑者達の方に歩いて行く。

また殺る気だ。

受刑者達もそれを察したのか色めき立ち、尻で床を擦りながら後退りする。

誰かが「くるな！」と叫ぶが、近藤はお構いなしで彼らに近づいて行く。そして自動小銃を腰の位置で構えた。

反射的に目を逸らしたものの、音までは遮れない。銃声が二回轟き、『威嚇であって欲しい』の願いを込めて受刑者達を見た。

新たに二人が横たわっており、床が血で染まり始めた。

近藤に対する怒りもあるが、土方に対する怒りも同時に湧いてくる。何が提案だ。何が議員辞職するだ。結局は命が惜しいだけの言い訳ではないか！

近藤が戻ってきてカメラの前に立った。

「見てのとおり、お前のせいでまた受刑者が死んだ。しかも今回は二人だ。ペナルティーとして、更に二十分タイムリミットを繰り上げる」

それならあと二十分弱。土方達はどうする気だ？

女性キャスターはというと、じっと土方の横顔を見つめている。

「タイムリミットまでに、この体育館のドアを叩け」と近藤が言う。

《日本政府は以前より、テロリストとは取引しないと明言している。私達がその方針に背くわけにはいかないじゃないか》

つまり、近藤の要求を拒否するということだ。政府批判を繰り返しているくせに、こんな時だけ政府の方針に従うとは――。どの口で言う？

すると、受刑者の一人が土方に向かって抗議を始めた。

「あんたら、早くきてくれよ！　一分でも過ぎたら俺達の誰かがまた殺されるんだぞ」

近藤は私語を禁止すると言ったが、死にたくないと思う気持ちが恐怖心を凌駕したのだろう。自分さえ助かればいいと思っているようだ。芥川龍之介の『蜘蛛の糸』の主人公を想起させる言動だった。

近藤が振り返り、「今喋ったのは誰だ？」と押し殺した声で問う。

「こいつです」

一番左にいる受刑者が隣の受刑者を指差す。

「おい。言うなよ！」

近藤が、土方に抗議した男の前まで行く。

またやる気か？

目を逸らすや、悪い予感が当たって銃声が轟いた。

受刑者達に目を向けると、一番左の男が横たわっていた。党首達に抗議した男が殺されたのなら理解できるが、どうして一番左の受刑者を？

「仲間を売るのは感心しない」そう言い捨てた近藤が、作田が持ってきた手提げ鞄からコピー用紙を数枚摑み出した。「受刑者の補充をしておく。作田君、このリストにある男達を連れてきてくれ」

作田がリストを受け取って出て行く。

《土方さん、受刑者達も一般の方達も限界でしょう。どうされるんですか？》

女性キャスターが詰め寄るや、背後で銃声が轟いた。振り返ると、受刑者がまた一人、横たわっているではないか！

「早くこい」と近藤が言う。「野党のクズ党首ども、貴様らにとって受刑者達は虫けらも同然のようだが、もたもたしていると一般人が犠牲になるかもしれないぞ」

これ以上の脅しはない。凶悪な犯罪者は殺されても仕方がないと思っている国民がいても不思議ではないが、一般人となれば話は別。何が何でも救えという声が上がるのは必至。

ここまで追い込まれたら行かないわけにはいかないだろう。土方も、この期に及んで詭弁は通じないと観念したか、《本当に人質は解放するんだろうな》と言った。

「当然だ。我々は貴様達のような厚顔無恥な二枚舌ではない」

そして遂にタイムリミットとなったが、野党四党の党首達の姿を見ることは遂になかった。やはり口先だけの連中だったのだ。

近藤は一般人達に銃口を向けている。今度こそ、一般人の人質が犠牲になるだろう。

だが、そう思った矢先に近藤が大声で笑い出し、内海に中継を命じた。

何が可笑しい？

近藤の口から意外な言葉が発せられた。

「野党のクズども、よくぞ尻込みしてくれた」

何を言っているのか？

「お前達がここにこないことなど分かっていた。だから我々は、お前達の二枚舌と自己保身、偽善、売国を世に知らしめるために策を練った。この中継を観ている諸君、野党の馬鹿党首達は国民の命より自分達の命の方が大事なんだそうだ」近藤がまた大声で笑う。「クズども、これでこの日本に、お前達の居場所はなくなった」

確かにそうかもしれない。こんな自己保身の塊に、大切な一票を投じる有権者はまずいないだろう。

「我々の真の目的は貴様らの命を奪うことではない。貴様ら反日左翼の本性を世に知らしめて日本から消し去ること。しかし、メディアは貴様らに乗っ取られ、フェイクニュースと印象操作で国民を欺く手先になり下がっている。だから今回のような事件を起こせばメディアも報道しないわけにはいかず、野党の欺瞞を公にすることになるだろうと考えたのさ。つまり、ネット環境の整わない情報弱者に発信するため、今回の事件を起こしたというわけだよ」

左翼殲滅を狙うなら、野党議員達を殺すより彼らの醜悪さを具に中継する方が遥かに効果的だ。

どんなに卑劣な人間でも、人質の身代わりになって死ねば少しは評価が変わる。中には英雄視する人間も出てくるだろう。そうなれば近藤の思惑とは逆の方向に世論が動くかもしれない。近藤の本当の目的は、野党連中の威信を徹底的に潰すこと。卑怯者と偽善者のレッテルを彼らに貼り、政界から完全に消し去ること。

中継が終わった。

「作田君、喉が渇いたから何か飲み物を持ってきてくれ。人質達の分も頼む。全員、緊張で喉がカラカラのはずだからな」

作田が出て行くと、近藤は内海にも「体育館の周りの状況を知りたい。映してきてくれ」と命じ、「逃げたら人質が死ぬことを忘れずに」と付け加えた。

内海も出て行く。

「さて、君島君。長々ご苦労だった。怖い思いをさせて済まなかったと思っている。もう帰ってくれて結構だ」

「でも、私だけ？」

「心配いらない。カメラマンも、一般人の人質達も順次解放する」

近藤がスマホを返してきた。またあの匂いだ。

この匂い——何だっただろう？　不快ではない、しかし香水とは違う。

「さあ、行きたまえ」

一刻も早く自由になりたいと願っていたというのに、真っ先に解放されると思うと何故か罪悪感がある。とはいえ、拒否もできず、「皆さん、すみません」と言って体育館を出た。

外には機動隊と刑務官達が大勢いて、自分だけが解放された経緯を伝えた香は、刑務官の一人に付き添われて刑務所の外に出た。制服警官が数人駆けつけてきて身柄を保護される。それからは質問攻めだった。

それが終わると女性キャスターからのインタビューを受け、ここでも質問攻めに遭う。そのうち体育館内の映像がモニターに映り、近藤が《これから人質を解放する》と宣言した。

近藤の部下達も緊張から解放されたのか、人質に自動小銃を突きつけておらず、肩からぶら下げているだけだ。

《人質の諸君、これから君達を解放する。もう頭巾を取ってもかまわない。但し、まだ私語は禁止だ》

近藤の声で、人質達が頭巾を取っていく。闇に慣れていたから眩しいのか、目を瞬(しばた)かせたり、細めている人もいる。

《あのドアから出ろ、一人ずつゆっくりとだ》

近藤が正面のドアを指差し、人質達が横たわる受刑者の遺体のそばを通って出口に向かう。

一人、また一人と外に出て、遂に受刑者以外は全員が解放された。残るは内海だけだが、彼が解放されないということは、まだ何かを写す必要があるということか。

女性キャスターは人質達の所に向かったが、香はモニターを観続けた。内海のことが気がかりだ。

それから暫く、近藤は野党の罪状について述べた。国家転覆を謀っている疑い。憲法改正を妨げていること。平然と主張を変えて国民を欺いたこと。メディアと結託してありもしない疑惑をでっち上げ、政府を窮地に追い込もうとしていること等々。

そんな光景が一時間ほど続き、近藤がようやく話を終えた。と同時に、近藤が「GO!」と叫ぶ。

それを合図にしたかの如く、武装犯二人が自動小銃を放り投げて壁際まで走り、その場に突っ伏した。近藤も自動小銃を床に置く。

どういうことだ？

そこへ、ＳＡＴが雪崩込んできた。体育館の周りに潜んでいたようだ。そして次の瞬間、信じられない光景が繰り広げられた。爆発と共に画面が大きく揺れたのである。

画面が揺れたのはカメラを持つ内海が爆風を受けたからに違いなかったが、幸い、画面は元に戻って現場を写し続けている。

7

舟木は缶ビールを持ったまま固まった。

近藤が自爆――。

ＳＡＴ達にも想定外だったようで、その場に立ち尽くしている。

カメラマンがプロ意識を発揮したのか、カメラは揺れながら近藤のいた場所まで近づいて行く。こんなスクープはそうそう写せるものではない。本能的に身体が動いたのだろう。

映し出されたのは腹部から下だけの死体だった。周りには千切れた腕や肉片が散乱している。

《確保！》

ＳＡＴ隊長と思しき人物の声が聞こえ、カメラが今度は隊員達を写す。

隊員達が突っ伏している武装犯二人を拘束して立たせ、目出し帽を剝ぎ取っていく。

だが、露になった二人の顔にはあってはならないものがあった。口にガムテープが貼られているのだ。

「どうなってんの？」と晴美が言う。

「武装犯達と人質が入れ替わったのかもしれないぞ」

さすがにカメラマンの自由もそこまでで、隊員の一人が撮影を妨げた。しかし、カメラマンが抵抗しているようで映像は送られ続けている。

画面は間もなくしてブラックアウトし、代わりに女性キャスターが映し出された。

《皆さん、ご覧になられたでしょうか？　私もしばらく、言葉を失っておりました。まさかあのような惨劇が、テレビカメラの前で繰り広げられようとは――》

その後、ＶＴＲが繰り返し流され、再び女性キャスターが登場した。

《新たな情報が入ってきました。まず、受刑者五人の死亡が確認されました》

画面の下に受刑者達の名前が表示される。

『辻本誠司、四十七歳。木村郁夫、四十二歳。武田真也、三十八歳。井口元彦、三十三歳。有本悟、四十四歳』

《最初に射殺された一般人男性ですが、どういうわけか遺体が見当たらないそうです》

堂安の推理が的中した！　思わず画面に顔を近づける。

《拘束された武装犯二名ですが、どうやら人質となっていた方々のようです》

やはりそうか――。

《君島リポーターが外に出た直後、武装犯達に演壇横の倉庫に連れて行かれ、そこで戦闘服に着替えるように強要されたとのことです。その後、口にガムテープを貼られ、拳銃と自動小銃を渡されたんですが、この自動小銃と拳銃、本物ではあるんですが弾は空砲でした。武装犯達はお二人の服に着替えて人質に成りすまし、更に、『俺達を連れて人質達の所に戻り、大人しく立っていろ』と命令。そして近藤から、『合図をしたら銃を捨てて体育館の壁まで行き、そこで突っ伏していろ』と言われ、そのとおりにしているとSATが雪崩込んできたとのことでした》

スタジオにいる男性キャスターが話しかける。

《では、武装犯二人が、人質に紛れ込んで外に出たということですね》

《いいえ、三人です。警察は、最初に撃たれた一般人男性も武装グループの一味だと見ています》

《解放された人質の方達は、現在どこにいらっしゃいますか？》

《刑務所の外のテントに集められ、そこで身元確認された後、バイタルチェックのために数ヵ所の病院に搬送されました》

《では、病院に武装犯達がいるかもしれないってことですか？》

《いいえ。何故か三人だけ姿を消したそうで、各病院はこうコメントしています。『診察後にトイレに行きたいと訴える患者がいたから許可したら、そのまま戻ってこなかった』と。この三人は全員男性です》

《でも、病院に搬送される前に身元確認作業が行われたんでしょう？》

《そこが武装犯達の周到さと申しますか——。所持品を奪っていたため、人質の方達は身元を証明するものを身につけていなかったそうです》

《では、口頭だけの身元確認ですか》
《そうなんです》
《本当に悪知恵が回るというか——。話を戻します。消えたのが三人ということは武装犯の数と一致しますね。でも、その三人それぞれに、警官は付き添っていなかったんですか？》
《付き添っていたそうです》
《それなのに逃げられた？》
《ええ。さすがにトイレの中まではついて行けませんからね。この三人ですけど、前もって変装の準備もしていたんじゃないでしょうか？　警察もそう見ています》
《それにしたって、重大な過失ですよ》
《警察関係者も頭を抱えています。まさか人質の中に、武装犯が紛れ込んでいるとは考えもしなかったでしょうからね》
武装犯達はトイレで変装したのだ。あるいは、変装を解いたか——。恐らく、着ていた服は上下ともリバーシブルで、鬘（かつら）も被っていたのではないだろうか？　メガネをかけていたかもしれない。靴だって、ソールの薄い布製靴なら上着の内ポケットに隠しておける。トイレまで同行した警官も、人質になっていた人物が別人となって出てくるとは夢にも思わなかっただろう。
「テレビの映像を利用した心理作戦ね」と晴美が言う。
「ああ。まさか武装犯達が人質と入れ替わっているとは誰も思わなかっただろう。俺だって騙された」
「だけど、リーダーの近藤はどうして自爆したのかしら？」

「仲間達を逃がすために囮になったとしか思えないな」
「命を賭してまで？」
「そのへんの事情は現段階では分からないけど――。いずれにしても、武装グループの三人は逃走したんだ。これからもっと大事になるぞ」
「大事？」
「広域捜査になるかもしれない」
スマホが鳴った。ディスプレイを見ると、予想したとおり堂安からだった。
《今度はちゃんと観ていた？》
「はい――。やっぱり、最初に撃たれた男は武装グループの一味のようですね」
《間違いないわ。それで、あなたはどう感じた？》
武装グループが姿を消した方法について伝えた。
《まんざら馬鹿ではないようね。そう、服は上下リバーシブルで、人質として紛れ込んだ際に鬘とメガネを着用、更には顔も少し変えた可能性がある》
「顔も？」
《今は一重瞼を簡単に二重瞼にするアイテムがあるし、付け髭なんかも精巧にできているからね。似顔絵もモンタージュも役に立たないでしょう。近藤にいたっては腹部から上が原形を留めていないときてるし――。他に感じたことは？》
「近藤が自爆したことが――。仲間を逃がすために囮になったのではないでしょうか」

《でしょうね。そして自らの口を塞ぎ、仲間達に繋がる糸を完全に断った。逃げた三人をどうしても守らなければならなかったということよ。だけど、近藤に関してはもっと不可解なことがある》
「え？」
《やっぱり気づいていないか――》
もう一度近藤が取った行動について反芻してみた。
「あ！」
《分かった？》
「ひょっとして、近藤しか殺しを行っていないことですか？」
《そう、他の武装犯は誰一人として殺しをしていない。当然よ、持っていた弾は空砲だったんだから》
「何か理由があるはずですよね」
《仲間を守るため――かな？　今は発射罪という、発砲しただけで重罪に問われる法体系になっている。仲間に実銃を持たせて万が一暴発でもしたら、捕まった時に発射罪が加算されてしまう。だから仲間達に空砲を持たせたんじゃないかしら》
「それにしても荒っぽいというか――。近藤は警告なしに受刑者達を撃ち殺したでしょう」
《うん。それに、国家公安委員長や土方委員長とのやり取りもよ。近藤が難癖をつけているとしか思えなかった――》
「根っからの殺し好きだったのかなぁ――」
《好んで殺しをするような奴が、仲間達を逃がすために一人で囮になる？》

「そう言われてみれば――」
《これで広域捜査になるわ。私達にも出動命令が下るかもしれないから心の準備はしておいて》
「はい」
通話を終えると、すぐに母から電話があった。
「刑務所ジャックのこと？」
《いいえ。お祖父（じい）ちゃんの七回忌法要のことで電話したの》
すっかり忘れていた。
「今月の十八日だったね」
《そうよ。あんた、こられそう？　料理予約の都合があるんだけど》
「何とも言えないなぁ、本庁勤務になったから――。一応、上司に話はしてみるけど」
《じゃあ、あんたの料理はなしにしとくから、もしこられるなら早めに教えて》
それはまず無理だと思うが、「分かった」と答えた。祖父の顔が浮かんでくる。八十九歳で亡くなったが、戦争を経験しているせいか豪胆な男だった。当然だと思う。激戦地の、無数の銃弾が飛び交う南方戦線から奇跡の生還を果たしたのだから。祖父の口癖は、『俺は一度死んだ身だ。だから何も怖くない』だった。祖父については数奇なエピソードもあり、そのことを思い出すと祖母の顔も浮かんできた。
《それでどう？　本庁勤務は》
「緊張しっぱなしさ。予定が立ったら電話するから」

第二章

1

十一月十一日　月曜日　午前七時半――

目覚ましで叩き起こされると晴美はベッドにいなかった。良い匂いが漂ってくるから朝食を作ってくれているようだ。

顔を洗って食卓に着くなり、堂安から電話があった。

《今どこ？》

「まだ官舎ですけど」

《すぐ東京駅に行って新幹線に乗りなさい。大阪よ》

ピンときた。

「大刑の件ですか？」

《そう、捜査に参加したいと一課長に頼んだ》

これを好機と捉えることにした。事件解決の糸口でも見つければ、自分に対する堂安の評価も変わるだろう。

《私達だけじゃないわよ。警視庁からは他に二十人参加する。捜査本部は大阪府警本部の大会議室に置かれることになって、午後一時から一回目の捜査会議。急いで支度して》

「はい」

晴美に事情を話して朝食を胃袋に流し込み、身支度を整えて官舎を出た。

堂安から支給されたメガネをかけてＷｉ‐Ｆｉのスイッチを入れ、次いで、これまた堂安から支給されたスマホの電源を入れる。最後にイヤホンを耳に装着して堂安を呼び出した。

「舟木です。カメラと音声の感度は如何ですか？」

《良好よ》

「東京駅に向かいます」

一時間弱で東京駅に到着し、新幹線の切符を買ってトイレに向かったのだが、トイレの手前で堂安の声がした。
《ねぇ。トイレに行くの？》
「そうですけど」
《だったらメガネを外して》
「え？」
《あなたの粗末で汚いイチモツなんか見たくないって言ってるの》
そうだった！　こっちが見るものは堂安も見ることになるのだった。だが――。
「粗末じゃありません、人並みです。修学旅行で同級生達のナニを見ましたが、劣っているとは思いませんでしたから」

すると、そばにいる若い女二人が訝しげな顔でこっちを見て、ヒソヒソと話しながら改札の方に歩いて行った。

独り言を言う変な奴と思われたようだ。しかも下ネタの――。この先、堂安と話す時は周りに気を配らなければならない。

咳払いをしてメガネを外した。

用を足してホームに上がると、ほどなくして新幹線のドアが開いた。東京始発だから自由席が空いており、窓側の席に陣取って発車を待った。

「大阪府警本部の最寄り駅は地下鉄の谷町四丁目駅ですね」

ＳＮＳで調べた。

《府警本部に行く前に、例のリポーターに会いたい》

「大阪府警が事情聴取してるんじゃないんですか？　捜査本部に黙って行動するとクレームが」

《こっちの所属は警視庁よ。いちいち大阪府警にお伺いなんか立てていられないわ。それに、事情聴取の後で思い出したことがあるかもしれない。いいから行って》

「でも、どこに行けば？」

《調べてもらったら、彼女は大阪市大病院に入院しているらしいわ。大阪市阿倍野区よ。質問事項を言うからメモして》

2

君島香は溜息を洩らした。

昨夜はあの光景が目に焼付いて一睡もできず、今日は今日でカウンセリングの後は事情聴取の連続だ。広域捜査になったと聞いたから、今後も全国から集められた捜査員達が事情聴取に訪れるかもしれない。

気になっていた近藤の匂いだが、この病院に搬送されてようやく思い出した。病院特有の匂いと言っても過言ではないイソジンだ。怪我でもして消毒用に使っていたのだろうか。

それよりも自分の今後である。これからもカウンセリングを受け続けることになったが、あの無残な光景を記憶の片隅に追いやって封印することなどできないと思う。子供の頃からアナウンサー志望で、就活では在京のテレビ局数社を受けて見事に全敗。それで大阪のテレビ局を受けて何とか夢は叶えたものの、今思えば、アナウンサーを諦めて普通のＯＬになっていればあんな経験をせずに済んだのだ。いずれはフリーのアナウンサーになってＣＭにも起用されるという目標を掲げていたが、アナウンサーを続ける気力も自信も今はない。人間、一寸先は闇だと痛感する。

窓外に目をやると、昨日のことが無かったかのように晴れている。あんなことがなければ今頃は、アナウンス部でニュース原稿を読んでいただろうに——。

そこへ、母が病室に入ってきた。昨日の中継を見て腰を抜かし、急遽、東京から駆けつけてきたのである。母とは昨日、この病室で対面したが、言葉を交わす前に抱き合っていた。母の腕からは、一人娘を亡くさなくて良かったという安堵の思いが痛いほど伝わってきた。ニューヨークに赴任中の父も駆けつけてくるだろう。

「朝から事情聴取ばかりだったわね」と母が言う。

「うん……」

「落ち着くまでそっとしておいてくれればいいのに——」

「それは無理よ。私とカメラマンの内海さんが武装グループのことを具に見ていたんだもの」

「それはそうだけど」

「少し眠るわ……」

——

気がつくと細い一本道を歩いていた。道の両側には黒い頭巾を被った裸の男女が無数にいて、まるで助けてくれとでも言うように、こっちに向かって手を伸ばしている。

ここはどこだろう？　この男女達はどうして頭巾を被っているのだろう？

やがて空は赤く染まり始め、どこからか命乞いをする声が聞こえてきた。『助けてくれ。死にたくない』と言っている。

道は下り坂となり、ほどなくして消え去って断崖に行き当たった。そばを流れる川は赤い濁流で、瀑布となって断崖を落ちている。

対岸に目をやると、裸の男達が川に沿って並んでいた。五人いて、命乞いをしているのは彼らだった。そして彼らの後ろに牛頭と馬頭の化物がいて、巨大な銃を構えている。牛頭馬頭(ごずめず)だ。五人はといと命乞いを続けているが、牛頭馬頭は「うるさい！」と叫び、五人に向かって発砲し始めた。

血煙の中、頭が割れた五人が次々に川に落ちていくが、それでも手を伸ばして岸に這い上がろうとしている。だが、牛頭馬頭はそれを許さず、五人に向かって更に銃を乱射するのだった。


悲鳴を上げることもできず、ただ涙だけが流れていく。息も荒くなり、「誰か！」と叫んだところで身体を揺すられた。

目を開けると、母が心配そうな顔で見下ろしていた。

「酷く魘(うな)されていたから起こしたのよ。大丈夫？」

「ええ……」と答えた香は、上体を起こした。

昨日の光景が潜在意識の中に刷り込まれてしまったのだろう。眠るたびに同じような夢を見そうな気がする。

するとドアがノックされ、母が「はい」と答えた。

「失礼します」という声がしてスライドドアが開き、長身の若い男性が入ってきた。今時の若者といった印象で、タイトなスーツに髪形はショートレイヤーだ。

男性は「お疲れのところ申しわけありません」と前置きし、ジャケットの内ポケットから警察手帳を出した。

「警視庁捜査一課の舟木と申します」

刑事には見えない。

「事情聴取ですか？」

舟木が頷いた。

正直言って、事情聴取はもううんざりだ。だが、舟木が刑事らしく見えないことと、自分が東京出身なこともあり、少し親近感が湧いた。

母が「私は外すから」と言って病室を出て行く。

「どうぞ、そこの椅子におかけください」

「恐れ入ります」

舟木がベッド横のパイプ椅子に座り、手帳を出してボールペンを握った。

「思い出したくないと思うんですけど——」舟木が頭を掻きながら言い、「人質になられてから解放されるまでのことを順に話していただけませんか？」と続けた。

「取材を終えて出口に足を運んだら、外からけたたましいクラクションが聞こえました。それで外の階段まで行ってみると、大型のＳＵＶが見学客を轢きそうな勢いで階段の下まで乗り込んできたんです。それから武装グループが車から降りて、銃の乱射を——。何事かと思ううちに武装グループが階段を上ってきて、私は彼らの一人に腕を掴まれて建物の中に連れ戻されました」

　それからそこで起きたことを伝えた。

「撃たれた見学客の顔の特徴とか、覚えていませんか」

　本日何度目かの質問に、首を横に振って答えた。

「あの男性は私の前にいました。ですから、顔は見ていないんです。彼が撃たれたあとはもうパニックで、遺体を見るのも恐ろしくて……。でも、あの男性も武装グループの仲間だったんですね」

「そうです。近藤はその男を殺したと見せかけ、人質達に恐怖を植えつけて従順にさせたんです」

　何故か舟木がしきりに頷く。そして小声でぶつぶつ言う。

「何か？」

　舟木が顔の前で激しく手を振る。

「いや、何でもありません。で、その後は？」

「外にいた刑務官数人が駆けつけてきましたが、人質になっていた作田さんという刑務官が『人質が殺されるから何もするな』と訴えて――。その後です、近藤がカメラマンの内海さんを見て『取材か？』と。内海さんが頷くと、『リポーターもいるはずだ』と近藤が言って、私が手を挙げました。近藤は『手間が省けた』とも言っていましたね」

「それからは？」

「武装グループの一人、男性ですが、その人物が黒い頭巾を配り始めました。でも、人数分の頭巾が無くて、ディレクターを含めた十人ほどが解放されました。そして、私と内海さん、刑務官以外は頭巾を被れと命じられ、作田さんの先導で体育館に移動を」

その後も舟木は、中継されていなかった時のことを質問し、香はできるだけ正確に話して聞かせたのだった。

舟木がまたブツブツ言い出し、しきりに頷く。悪い物でも食べたのか？　それともどこか悪いのだろうか？

「え～っと、何か気づいたことは？」

「特にありませんけど――」

ああ、そうだった。

表情が変わったことを見逃さなかったようで、舟木が「何です？」と問う。

「どうでもいいことかもしれませんけど、匂いが――。近藤の匂いです」

「どんな匂いでした？」

「イソジンです」

「消毒に使う？」

「はい。間違いありません」

「イソジンねぇ」舟木が何度も頷く。「他には？」

「ありません」

「分かりました」舟木が手帳を閉じ、「どうも、大変参考になりました」と言って立ち上がった。

やっと解放のようだ。

「またお話を伺うことになるかもしれませんが、その時はご協力のほどお願いします。お大事に」

舟木が病室を出ると、入れ替わるようにして父と母が入ってきた。

父が目に涙をいっぱい溜め、ベッドに駆け寄ってくる。

「無事で、無事で良かった――」

安堵の溜息と共に吐き出されたその言葉に、改めてこの身の無事を噛み締めた。父と抱き合って泣いた。泣けて泣けて仕方がない。流れた涙で父の肩が濡れていた。

3

予想はしていたが、大阪府警本部のエントランスはごった返していた。カメラ片手の人間や、腕に『報道部』の腕章を巻いた人間も大勢いる。昨日の事件は間違いなく歴史に残る事件だし、警察だけでなくマスコミも血眼(ちまなこ)で情報収集に当たっているのだろう。

他府県からの捜査員に配慮してか、大会議室の所在を伝える張り紙も目立つ。

舟木は混み合うエレベーターに潜り込み、大会議室のあるフロアーで降りた。矢印に沿って長い廊下を歩き、右折と左折を繰り返してようやく目的地に到着した。出入り口には『大阪刑務所襲撃事件捜査本部』と書かれた大看板が立てられている。受付もあり、そこで身分を告げて連絡先も教えた。

中に入って思わず息を呑んだ。こんな大勢の捜査員が一堂に会している光景は未だ見たことがない。捜査員の数は少なくとも三百名以上いるだろう。

《凄い人数ね》と堂安が言う。

「ええ」

小声で答え、人混みを掻き分けて空いた席を見つけた。他の警視庁組はもう到着しているのだろうか？　そうだとしても、顔を知らないから挨拶もできないが――。

緊張して捜査会議が始まるのを待つうち、事務方と思しき十名ほどの女性が捜査資料らしきものを配り始めた。

こっちの手元にもそれが配られた。Ａ４判の封筒で、中には現場の写真、射殺体の写真、病院のトイレで発見された変装用具の写真の他、犠牲者達の生前の写真付きデータが記された書類数枚が収められていた。

昨夜、映像で惨劇を目の当たりにしたが、こうして写真に収められた遺体を見ると、改めて自動小銃の威力に背筋が凍る。射殺された受刑者達は全員が顔面を撃たれており、顔は変形して周りには脳漿が飛び散っている。近藤の写真も見た。腹部からは腸がだらりと出ており、左足の膝も曲がるはずのない方向に曲がっている。殺人事件の犠牲者の写真は何度か見たことがあるが、これほど悲惨な遺体は初めてだった。

周りにいる捜査員達も写真を見ており、口を揃えて「酷いな」と漏らしている。

《資料を見せて》と堂安が言った。

ページを捲る。

射殺された受刑者五人の経歴と罪状が記されており、年齢の前には『享年』と付け加えられている。

一人目は辻本誠司、享年四十七歳。前科三犯。窃盗が一度、傷害事件が一度、そして平成十六年五月、強盗殺人を犯していた。東京都渋谷区のマンションに押し入り、当時二十五歳だった妊娠中の主婦を刺殺して現金十三万円を奪い逃走。三ヵ月後に逮捕されて東京地裁で裁判を受け、懲役十五年の実刑判決を受けている。辻本が地裁の判決を受け入れて控訴しなかったために刑が確定し、平成十六年十二月に大阪刑務所に収監とある。

《平成十六年に十五年の懲役を喰らって昨日まで収監されていたってことは、模範囚扱いにはなっていなかったってことか。模範囚ならとっくに仮釈放になっているはずだもんね》

周りに聞こえないよう、「懲役十五年ということは、来月、出所することになっていたんですね」と小声で言う。

《うん。出所を目前にして殺されるなんて――》

二人目は木村郁夫、享年四十二歳。前科五犯。空き巣が四件と強盗殺人を犯している。平成二十二年三月、空き巣目的で埼玉県所沢市の一軒家に侵入した木村だったが、金品を物色中に家人の主婦（三十歳）が偶然帰宅。大声を出されたために、持っていたナイフでその主婦を刺して逃走。主婦の声を聞いた隣家の男性が警察に通報し、木村は一時間後に警邏中の警官から職質を受け、逃走しようとしたために緊急逮捕されたとある。刺された主婦は翌日死亡し、さいたま地裁は木村に計画性がなかったことを考慮して懲役十三年の刑を言い渡している。木村は辻本同様、一審の判決を受け入れて平成二十二年七月に刑が確定し、大阪刑務所に収監。

《次のページ》

言われてまたページを捲る。

三人目は武田真也、享年三十八歳。前科二犯、窃盗と強盗殺人。事件を起こしたのは平成二十三年二月、現場は千葉県浦安市郊外。帰宅途中の主婦を襲って金品を強奪した武田はそのまま逃走したが、警邏中の警察車両が不審人物を見つけて職質したところ、その人物が武田で、衣服に血痕が付着していたことを問い詰めた。結果、武田は強盗したことを白状し、武田が証言した現場（児童公園の植え込み）から女性の死体が発見された。千葉地裁は、武田が物陰に隠れて獲物を物色していたことから、計画性があって甚だ身勝手な犯行と断じ、検察の求刑どおり懲役二十年を言い渡している。しかし、武田は刑が重過ぎると主張して東京高裁に控訴。だが、高裁も地裁の判断を支持して同じく懲役二十年を言い渡した。武田が最高裁に上告しなかったことから平成二十五年十月に刑が確定し、大阪刑務所に収監。

四人目は井口元彦、享年三十三歳。初犯、幼児誘拐殺人。平成二十三年四月、学校帰りの小学女児を誘拐して殺害している。現場（東京都練馬区大泉学園町）近くの防犯カメラに不審車両が写っており、たまたま、同エリアに設置されているNシステムにも同じ車が捉えられていたことからナンバーが発覚。井口の車であることが判明して事情聴取したところ、井口は誘拐を認めた。その後、井口のマンションに踏み込むと、風呂場から行方不明の女児の死体が発見されたとある。東京地裁は懲役二十年の実刑を言い渡したが井口は控訴、その後、東京高裁で懲役十八年の減刑が言い渡されたことで最高裁には上告せず、平成二十五年五月に結審。大阪刑務所に収監。

《次》

またページを捲る。

五人目は有本悟、四十四歳。初犯、殺人及び死体損壊。平成二十六年九月、有本は愛人との別れ話が拗(こじ)れ、愛人のマンション（大阪府枚方(ひらかた)市）で愛人の首を絞めて殺害。遺体を強アルカリ性の薬品で溶かし、骨を砕いてトイレに流している。有本は事情聴取された際、辻褄の合わない言動をしたことと、挙動不審な態度も見られたことから任意での取り調べとなり、その日に自供を始めたという。遺骨の一部はマンション近くの下水管から採取されている。大阪地裁は平成二十七年二月に懲役十五年を言い渡し、有本はそれを受け入れて結審。大阪刑務所に収監。

読み終えて溜息が出る。どいつもこいつも胸糞の悪くなる、いずれ劣らぬ悪党ばかりだ。確かに射殺されたことは事実だが、何故か同情する気持ちが湧いてこない。彼らに殺された被害者の遺族も、近藤に感謝しているかもしれない。

《次》

「ありません。このページが最後です」

《この資料、後でスキャンして私のＰＣに送って》

「はい」

《だけど、近藤の解剖に関する項目がないってどういうこと？》

そういえば堂安は、自分の関わった遺体は全て解剖に回すと言っていた。

すると、大会議室右前方のドアからスーツ姿の男性四人が入ってきて正面の雛壇に座った。最後に入ってきた人物は知っている。警察官を束ねる長、警察庁長官だった。

大会議室が静まり返り、「起立」「礼」「休め」の号令に全捜査員が従う。その後、雛壇の四人が自己紹介を始めた。左から、大阪府警警備課の課長、大阪府警本部長、警察庁長官、大阪府警捜査一課長。そして警察庁長官が立ち上がり、マイクを握った。

「諸君。昨日の大阪刑務所の襲撃は大惨事となった。一般人の犠牲が出なかったことは不幸中の幸いではあったが、警察は日本中に恥を晒してしまった。予期せぬ事態であったこと、武装グループが奇策を用いたこと等々あったものの、我々は完全に後手に回ってしまった格好だ。このまま武装グループを野放しにしてはおけない。諸君、何が何でも武装グループ全員を検挙し、警察の威信を取り戻してもらいたい」

警察庁長官がマイクを置き、次に本部長がマイクを握った。

「それでは第一回捜査会議を始める。一課長から、現在までに分かっている事実を伝えてもらう」

一課長がマイクを受け取った。

「まず、逃走した武装グループについて――。男性三名と断定した。それと、犠牲者の氏名年齢を改めて伝える」

受刑者五人の名前と年齢が告げられ、担当者がホワイトボードに書き込んでいく。

その後、武装グループが逃走した手口の詳細が伝えられた。逃走した三人は病院のトイレの個室内で着替えたようで、鬘と付け髭、靴等が残されていたとのこと。その後、病院内外の防犯カメラをチェックしたものの、足取りはまだ摑めていないらしい。刑務所のエントランスに残されていた血痕と、体育館内の倉庫に残されていた血痕だが、いずれも人間の血液ではないそうである。

それから近藤に関する情報伝達となった。

「近藤と名乗った男やが、偽名と考えてええやろう。しかし、便宜のために今後も近藤と呼ぶ。近藤の千切れた右腕から指紋を取り、散乱した肉片からもＤＮＡを採取して、突貫作業で警察に保存されとるＤＮＡデータとの照合を試みたが、該当する人物はなしとの結果が出た。確かなんは、近藤が東洋人であるということだけや。ＤＮＡ鑑定で確定した。確かに流暢な日本語を喋ってはいたけど、日本人とは限らん。近藤の言動から右翼活動家の線も視野に入れ、公安部がそっち方面を捜査中。それと犯行に使われたＳＵＶやが、三日前に大阪市此花区で盗まれて盗難届が出されとった」

しばらく事件の概要が告げられ、一課長が質問を受けることになった。

真っ先に挙手した捜査員は男性で、京都府警捜査一課の所属と自己紹介した。

「女性リポーターの証言は？　近藤と言葉を交わしていますし、何か特徴的なことに気づかんかったんでしょうか？」

「特に変わったことはなかったと証言しとるが、目は二重瞼に見えたそうや。どっちかというと痩せ型に見えたとも――。彼女は現在、入院してカウンセリングを受けとる」

「カメラマンの証言は？」

「同じや」

《近藤の遺体の解剖について尋ねて》

堂安が突然言った。

「どうして解剖が関係あるんです？　死因は明らかなんですよ」

《イソジンのことが気になるのよ。いいから質問しなさい》

隣にいる捜査員がこっちを見る。独り言が多い奴だと言いたげだ。愛想笑いを返して挙手した。

一課長が「どうぞ」と言う。

立ち上がると、捜査員達の視線が一斉に飛んできた。こんな大勢の前で発言したことなどないから緊張する。

「警視庁捜査一課より派遣されて参りました舟木巡査部長です。近藤の遺体の解剖についてのご説明がありませんでしたが」

「解剖？」一課長が頭の天辺（てっぺん）から声を出す。「舟木君やったな」

「はい」

「君はテレビ中継見てへんかったんか？」

「いえ。ずっと見ておりました」

「それなら近藤の死因は知っとるな」

「ええ。爆死です」

一課長が腕組みする。

「つまり、死因は特定されとるわけや。それに司法解剖っちゅうんは、死因に不審な点がある場合、それを確かめるためになされる」

「存じております」

「そんなら、近藤の解剖なんか必要ないやろ」

自分でもそう思っているが、堂安に尋ねろと命じられたとは言い難い。

《それでも解剖を要請すると言って》

無茶言うなよ〜。

《早くしなさい！》

内心で舌を打ち、「ですが」と言った。「解剖はしてみるべきかと——」

途端に一課長の眉根が寄り、射るような視線が飛んできた。

だから言いたくなかったのに……。

「君はそんなに解剖が好きか？」

「——そういうわけではありませんが……」

俯き加減で答えた。

《遺体の今後について尋ねて》

「近藤の遺体はどうなるんですか？」

「しばらく保管してから火葬に回す。遺骨はどうなるかな？　近藤の身元が割れたら親族に渡すし、身元が割れへんかったら無縁墓行きやろ」

《もう一度、解剖要請して》

「それなら、解剖してから火葬してもよろしいのではないでしょうか」

一課長が、あからさまに溜息を吐いた。

「分かった、そんなに解剖したいんなら好きにしたらええ。近藤の遺体は地下一階の遺体安置室にあるさかい、解剖してくれる病院に運べ。但し、病院は自分で探すように」

《よし！》と堂安が言う。

よし！　ではない。体よくあしらわれたのが分からないのか？

「他に質問は？」

一課長が室内を見回す。

それから幾つかの質疑応答があって、最後に本部長がマイクを握った。

「今回の事件は情報も手がかりもほとんどない。だからこそ、どんなに些細なことでも必ず報告してもらいたい」

その後、目撃者の洗い出し、武装犯が身に着けていた衣服と銃の出処特定等の指示があり、捜査会議は幕を閉じた。

張り詰めていた空気が和らぎ、各人が話し始める。

大会議室を出て、誰もいない廊下の隅に移動した。

「堂安さん。一課長、呆れてたみたいですよ」

《呆れさせときゃいいわ》

「それはそうと、警視庁組の捜査員達と合流しないといけませんね」

《どうして？》

「え？　だって、話し合って捜査の割り振りを決めないといけないでしょ」

《こっちはこっちで勝手にやる》

「いいんですか？」

《かまわない。第一、警視庁組の連中が、あなたなんかをまともに扱ってくれるわけがない。使い走りにされるのがオチよ》

それはあるかもしれないが――。

《まずは、近藤を解剖してくれる病院を探す。あなたは地下の遺体安置室に行って》

「はい」

歩き出そうとすると、背後から「待て！」という荒い声がかかった。

振り返った先には苦虫を嚙み潰したような顔をした中年の坊主頭がいて、こっちを睨みつけているのだった。年齢は三十代後半といったところで、背は高くないがかなり体格がいい。

「何か？」

「何か？　じゃねぇ、この野郎」

怒っているのは確かなようだが――。

「あのぅ、どちら様でしょうか？」

「警視庁の桑島だ！」

お仲間か！　直立不動になり、「失礼しました」と言いつつ腰を折り曲げた。

「下らねぇ質問して警視庁に恥かかせやがって！」

どうやら解剖を要請したことで怒っているらしい。だから質問したくなかったのに……。

「てめぇ、どこの所属だ？」

「所属と言われましても、捜査一課としか――」

頭を掻く。

「どこの班かって訊いてんだ！」

「班には所属しておりません」

「んなわけねぇだろ！　誰と一緒にきた？」

「一人できました」

「ホントにてめぇだけできたのか？」

桑島が顔を寄せてくる。

「はい。諸事情がありまして――」

「諸事情だぁ？」桑島が舌打ちする。「そんなことより、てめぇのせいでこっちまで間抜けと思われたかもしれねぇんだぞ。余計な真似しやがって！」

《知るかと言ってやりなさい》と堂安が言う。

そんなこと言えるか！　桑島に両の掌を向け、「事情があるんです……」と取り繕った。

《仕方ない。私のスマホを彼に渡して》

言われるまま、堂安のスマホを桑島に差し出した。

「何だ？」

「これを耳に当てていただければ分かりますから」

「変な野郎だな」と言った桑島が、スマホを耳に当てるなり「えっ！」と奇声に近い声を上げた。

「……あんたの指図か――。……どうりでしつこく解剖を迫ったわけだ。……知らないよ！　こっちはこっちでやるから、足引っ張らねぇように使いっ走りによぅく言っといてくれ！」

桑島がスマホを突き返してきた。

「ご理解いただけましたか？」

桑島は答えず、「ふんっ！」と鼻を鳴らして立ち去った。

「堂安さん。桑島さんって、随分と気が短い人みたいですね」

《彼の渾名（あだな）は瞬間湯沸かし器だからね。一応、班持ちよ》

班長か――。

地下一階に下りて遺体安置室を見つけ、近くにいた職員に声をかけた。

「すみません。遺体安置室の責任者の方はどちらにいらっしゃいますか？」

「事務所にいてると思いますけど――。どちらさんですか？」

「警視庁の舟木と申します。大刑事件の首謀者の遺体を解剖することになりまして」

「え？　そんなこと聞いてへんけどなぁ」

連絡もしていないとは――。まあ当然か、勝手にやれと言っていたぐらいだ。

「捜査会議で急遽決まりました。一課長さんも承諾してくださってます」

「さよか。ほんなら、責任者呼びまっさ」

間もなくして、白髪頭で小太りの職員がやってきた。

互いに自己紹介を終えると、「あんな身体の半分しかない遺体を解剖してどないしますの？」と職員が言った。

堂安は何も言わない。解剖してくれる病院を探しているのだろう。「確認したいことがありまして」と答えておいた。

「まあ、一課長が許可したんなら遺体を渡しますけど」

職員が安置室の鍵を開ける。

中は十畳ほどのガランとした空間で、あるのはストレッチャーが三つだけ。正面が冷蔵庫になっており、縦三列、横五列に区切られている。

責任者がストレッチャーを押して冷蔵庫の前まで行き、右から二列目の、真ん中の段のドアを開けた。

「これですわ」

黒い袋に入れられた遺体がストレッチャーに乗せられた。

職員が遺体袋を開けようとする。

だが、遺体の検分をするのは初めてだし、普通の状態でもない。心の準備ができず、「そのままで結構です」と言った。

「そういうわけにはいきまへんわ。一応、確認をしてもらわんと」

「——そうですね……」

渋々そう答え、露になった遺体に視線を落とした。

映像で見た時よりも無残の度合いが遥かに高い。鳩尾辺りから上が消失し、千切れた腕の他に飛び散った肉片も集められて三つの大きなビニール袋に入れられている。

吐き気が込み上げてくるが、それをグッと我慢して「確認しました」と答えた。

ようやく遺体袋が閉じられた時、イヤホンから《見つかったわよ》という声が聞こえてきた。

《阪大病院の法医学教室》

職員が「どこで解剖するんでっか？」と訊く。

「阪大病院です」

「阪大病院ね。搬送車、手配しまっさ」

「お願いします」

職員が出て行く。

「堂安さん。こんなに早く、よく解剖医が見つかりましたね」

《知人の解剖医に紹介してもらったの。それより、遺体は確認した？》

「たった今」

《吐かなかったでしょうね》

「勘弁してくださいよ。半人前でも刑事なんですから」

そうは言ったが、これから解剖にも立ち会うと思うと気が滅入る。よりによって、初体験があんな遺体とは……。しばらく肉は食えないかもしれない。

阪大病院に到着したのは午後四時過ぎ、遺体は法医学教室の第一解剖室に運ばれ、そこで解剖医と対面した。六十歳を過ぎていそうで、かなり額が後退している。

「先生。お世話になります」

舟木は、額が膝頭にくっつくほど腰を折り曲げた。

「ほんなら始めよか」

医師と助手が遺体に手を合わせ、舟木は助手の左側に立った。

さっきも見たが、本当に食欲がなくなる有様だ。昨日まで生きていた人間とは思えない。

「ほんまに酷い遺体やな。こんなん初めてや」

医師が、遺体の腹部から膀胱付近まで一直線にメスを走らせた。

既に血が固まっているのか、あるいは殆ど流れ出てしまったからなのか、想像していたような、切開部から血がドロリと流れるといった光景は見られなかった。

腹部が左右に開かれ、医師が中を凝視する。

「ん？」

医師の眉根が寄った。

「どうかなさいました？」

「腫瘍があるんや。でかいやつがな」

《もっとよく見せて》

堂安に命じられ、気が進まぬまま顔を遺体に近づけた。確かに、小腸に拳大の黒い腫瘍がある。

「見たところ悪性みたいやな。病理検査しとこか」

医師が腫瘍の一部を切り取ってサンプルケースに入れ、助手に渡した。

「大急ぎでくるよう、病理部に言うてくれ」

ほどなくして白衣の女性が現れ、腫瘍サンプルを受け取って解剖室を出て行った。

「再開や。この腫瘍の大きさからすると、どっかに転移してるんとちゃうやろか」医師が小腸を引っ張り出していく。「やっぱりや、ここにも腫瘍がある」

「骨転移も考えられますよね」と助手が言う。

医師が小腸全てを引っ張り出し、骨盤が顕になった。

人体の構造は頭に入っているが、こうして実物を見ていると、機械の部品を見ているような不思議な気持ちになってくる。そして骨盤にも、明らかに異変が見て取れた。

「骨転移しとるな。この武装犯、かなりの疼痛と戦ってたはずやで」

その後も解剖は続き、左の大腿骨にも腫瘍が転移していることが分かった。

「できれば全身を解剖したいところやけど、吹き飛んだもんはしゃあない」と医師が言う。

そこへ、さっきの白衣の女性が入ってきた。

「結果、出ました。悪性です」

医師が頷いて紙を受け取る。

「フェンタニルも検出されとるし、末期やったようやな」

「フェンタニルというのは？」

「オピオイド系の合成麻薬で、末期癌患者の疼痛抑制に使われる。鎮痛効果はモルヒネの二百倍や」

「そんなに！」

「ああ――。これで解剖を終わる」

《丁重にお礼を言ってね。それと、今後も近藤の腫瘍サンプルが必要になるだろうから、保管を依頼して》

指示どおりに伝え、丁重に礼を言った。

「この遺体、どないする？」

「大阪府警に戻します」

「分かった。車の手配したるわ」

「お願いします」

解剖室を出ると、堂安が《解剖して正解だった》と言った。

「そうですね。近藤が末期癌だったことが分かりましたし――」

《君島アナは『近藤からイソジン臭がした』って言ってたから、近藤はどこかの傷を消毒していたのかな。末期癌なら腫瘍が皮膚を突き破っていたことは十分あり得るし》

「ええ――。堂安さん、近藤が自爆したことなんですが、中継を見た時は仲間を逃がすために自分が囮になったと思ったんですけど、末期癌だったでしょ。死期を悟って計画を思いつき、自爆して仲間を逃がそうと考えたんじゃないでしょうか。死が目前に迫っているなら命も惜しくないでしょうし」

《妥当な意見ね》

「やはり軍人ですかね？」

《それが第一候補だけど、一つ気になることがあるのよ》

「何です？」
《現段階ではまだ言えない。もう少し調べてから》
「では、仲間達は？　同じ系統の人間で、近藤の計画にも同調したんでしょうか？」
《あるいは、利益を共有できるからか——》
「利益って？」
《それが分かれば事件は解決よ。少しは考えてからモノを言いなさい》
「すみません」
つい、頭を搔いてしまった。
《それで、今後の捜査の展望は？》
「日本中の病院を当たるってことでしょうか？　末期癌だったんですから、近藤は設備の整った病院で診察か治療を受けていたはずですし」
《そうね。各病院に残っている細胞サンプルを調べていけば、近藤の細胞と合致するサンプルが見つかるかもしれない》
「そうなれば、サンプルの主の身元が分かって近藤の実名も判明しますね」
《問題は、いつ検査を受けたかよ。どこの病院の病理部も、サンプルの保存は一ヵ月から三ヵ月と聞くから》
「それ以前に検査を受けていたら近藤の身元は分からないということですか」
《残念ながら。それに、海外で検査を受けていてもアウト。そこまでは調べられない》

近藤がつい最近、しかも日本で検査を受けたことを祈るしかない。

《取りあえず、現場も見ておきましょう。遺体を戻したらJRの天王寺駅に行って》

電車を乗り継いで天王寺駅に到着した。ターミナル駅のようで、駅舎の隣にはあべのハルカスという日本一の超高層ビルが聳えている。堂安の指示で阪和線のホームに向かい、ちょうど停車している快速電車に乗る。目的の堺市駅は最初の停車駅、所要時間は十分足らずだという。

堺市駅に到着し、階段を上って改札を出た。西口を出ると、目前にはツインタワーの高層マンションがあった。昨日の惨劇の名残か、警察車両も数多く見える。大刑はあのツインタワーマンションの向こう側だ。

グーグルマップを見ながら移動し、五分ほどで大阪刑務所に着いた。まだ相当数の制服警官がいて、規制線も張られたままである。

制服警官の一人が駆け寄ってきたが、職質される前に警察手帳を提示して身分を告げた。

「ご苦労様です」の声に敬礼を返し、規制線を潜る。

中継を見ていたから体育館の位置は大体分かる。階段を上がって建物に踏み入った。制服警官が数人いて、床の血痕がチョークの線で囲まれていた。

「あの血痕、どんな動物の血でしょうね？」

《さぁね》と堂安が言う。

多くの警察関係者を横目に歩き、体育館に着いた。

中に入って真っ先に見えたのは、床をどす黒く染めている夥しい量の血痕だった。昨日の銃殺劇が像を結ぶ。父が浅間山荘事件のことを話してくれたことがあり、当時は誰もがテレビに釘付けになったという。昨日もそうだったに違いない。浅間山荘事件を遥かに凌駕する大事件だが、まさか本庁勤務を命じられて最初に関わる事件になろうとは——。

中には私服の男性捜査員も何人かいて、その一人はあの桑島だった。

《彼もきてたのね》

「他の男性は？」

《桑島さんの部下達よ》

こっちの視線を感じたのか、桑島が振り向いた。

「何だ、お前もきたのか」

《悪いかと言ってやりなさい》

言えるか！　素直に、「はい」と答えた。

《近藤が爆死した場所を見せて》

演壇に近づくと床に多くの血痕があり、その一つ一つをチョークの線が囲っている。

《近藤は末期癌だったけど、本当に思想犯なのかな？》

堂安が独り言のように言う。

「あのぅ、ちょっと用を足してきてもいいですか？」

《メガネ外してよ》

「分かってます」

外に出て職員を見つけ、トイレの場所を教えてもらった。

トイレに入って便器の前に立つと、桑島も入ってきた。右隣に立ってチャックを下ろす。

「新入り、解剖の件はどうなった？」

「阪大病院でやってもらいました」

「ほぅ？　何か分かったか？」

「はい。近藤は末期癌だったようです」

桑島がこっちに顔を向けた。

「末期癌？」

「そうです。内臓だけでなく、骨転移もしていました」

「ふ〜ん」

桑島はそれだけ言うと、さっさと出て行った。

トイレを出て、メガネをかけてマイクもオンにした。

「終わりました」

《そんなこと、いちいち報告しなくてもいい》

舟木が大阪市に戻ったのは午後七時過ぎだった。あれから刑務官の作田にも会ったが、君島アナの証言と殆ど同じことを口にしただけだった。今日はこのままホテルにチェックインする。

ホテルに向かっていると、道路の反対側にファミレスを見つけた。解剖に立ち会ったために食欲を失くしていたが、さすがにこの時間になると腹が減ってくる。

「堂安さん。飯食いますから」

《食べられるの？》

「大丈夫っす」

《それほどやわじゃないようね》

時間が時間だからか、店内は込んでいた。だが、待ち時間は十分ほどで、案内された席に尻を沈めた。

しばらくして、ウエイトレスが注文を取りにきた。

「え〜と。日替わり定食とラーメン、オムライス、それに唐揚げとピザ。ラーメンとオムライスは大盛りね。とりあえずそれを」

「あの、お一人で？」

ウエイトレスが訊き返す。

「そうだけど」

「かしこまりました」

呆れ顔のウエイトレスが、注文を復唱して立ち去った。

《あなた、そんなに食べるの！　それに、とりあえずって言ったわよね》

「ええ。食い終わったらまた頼むかもしれません」

《恐ろしい胃袋ね》

「身体がデカいですからね」

結局、出された料理を十分で平らげ、《信じられない早食い……》という驚きの声を聞きつつチョコレートパフェを追加した。

食事を終えて店を出ると、《食費が大変でしょ》と堂安が言った。

「ええ。まあ——」

毎月、給料日前は金欠で悲鳴を上げている。そういえば、先月は赤字になったから晴美に一万円借りたのだった。

《それにしても——》

「どうしました？」

《どうして大阪刑務所だったんだろう？　襲うなら別の刑務所でも良かったと思うんだけど》

「矯正展が行われていたからじゃないですか？　人質になってくれる人間が大勢いましたし、テロリストにとって、あんなに美味しい場所はありませんよ」

《それなら府中刑務所も同じよ。あそこもちょうどこの時期、一般人を対象にした刑務所見学会をやっているし、受刑者達も刑期八年以上の凶悪犯ばかり》

「大阪刑務所の内外に土地勘があったとか？」

《それにしては刑務所内の調べが甘い。君島アナが建物内に連れ戻された時、近藤が作田刑務官に『体育館まで案内してもらおうか』と言ったそうだけど、それは即ち、下調べが十分じゃなかったってことよ。それなのに、大阪刑務所を選んだのは何故？》

「そう言われてみれば——」

《大阪刑務所じゃなきゃならなかったってことにならない？》

「じゃあ、本来の目的は政治的なことじゃなくて、大阪刑務所を襲うことだったと？」

《かもね——。本来の目的を隠すために思想犯を装ったとすると、殺された受刑者達の手にかかった被害者達のことを調べないといけないか》

「どうしてです？」

《そんなことぐらい自分で考えなさい》

そんなことを言われても——。

そう思った矢先に閃いた。

「まさか！　被害者達の遺族が、復讐のために大阪刑務所に押し入ったんじゃ？」

《その可能性はゼロじゃない》

「ですが、武装犯は近藤を入れて四人です。一方の受刑者達は五人殺されているんですよ。数が合いませんが」

《武装グループの数と射殺された受刑者の数が同じなら、変だと思う人間が出てきても不思議じゃないでしょ。何よりも——》

堂安が言い淀む。

「何よりも——何です？」

《捜査会議で配られた資料よ。何か気づかなかった？》

「資料ですか？」
頭を掻く。
《どんなに些細な出来事でも疑問に思えって言ったでしょ。読み返しなさい》
ショルダーバッグから資料を出して読み返した。
ひょっとして、これのことか——。
「堂安さん。射殺された受刑者五人の内、四人までが首都圏で事件を起こしています」
《そう、それよ。そして武装犯は四人だから同じ数。偶然にしてはでき過ぎていない？》
「だったら、近藤は捜査を混乱させるために無関係の受刑者を一人殺したってことですか？」
《近藤は、受刑者達をゴミ屑と言っていた。凶悪犯に人権などないといった口ぶりだった。それなら、無関係の受刑者の一人や二人犠牲にしてもいいと結論した可能性は十分にある》
「無茶苦茶な論理じゃないですか」
《無茶苦茶なのは殺された受刑者達も同じよ。罪のない人間を、自分達の都合で殺しているじゃないの。犯罪被害者遺族が割り切った思想の持ち主なら、自分達と無関係な受刑者でも殺すことは厭わないと考えるかもしれない》
「捜査会議で発表しないといけませんね」
《まだ仮説の段階よ。現時点で中途半端な推理を捜査員達に植えつけるわけにはいかない》
だが、堂安は思いもつかなかった推理を披露してくれた。やはり、彼女からは多くのことを学べそうだ。スマホが鳴った。メールだ。

「大阪府警からです。明朝、午前九時から緊急捜査会議ですって」

※

十一月十二日　午前九時——

第二回捜査会議は定刻に幕を開け、捜査員達が集めた情報を発表し始めた。過激派グループに関する情報や思想犯に関する情報などが飛び交い、舟木も挙手するタイミングを見計らった。近藤が末期癌だったことを発表すれば、捜査本部がどよめくこと請け合いだ。

そのうち桑島が挙手した。

一課長が発言を許可し、桑島が立ち上がる。

「近藤に関する新たな情報を入手しました」

明らかに一課長の表情が変わり、身を乗り出した。

桑島も新情報を手に入れたようだが、昨日は曖(おくび)にも出さなかった。油断のならない男だ。

桑島が咳払いし、続けて「近藤は末期癌でした」と告げた。

捜査本部がどよめき、思わず目が点になった。それはこっちが摑んだ情報ではないか！

《どうして彼が、そのことを知ってるの？》

堂安の声もひっくり返る。

「あっ！」

つい声を上げてしまい、隣にいる捜査員が横目でこっちを見た。
《心当たりがありそうね》
「ええ――」
トイレだ。あの時、近藤が末期癌だったことを喋ってしまったのである。だがまさか、他人の情報を横取りして堂々と発表するとは――。
《射殺された受刑者達に関することと、犯罪被害者遺族のことは？》
「そこまでは話していません」
《あとで経緯を説明して》
頷いて桑島に目を向けた。
その後、桑島は、こっちが調べた内容をそのまま発表して席に着いた。あれから阪大病院にも出向いたようだ。
「近藤は死期が迫っていることを知って、死ぬ前に憲法改正の障害になる野党党首を社会的に葬る決断をしたのかもしれんなぁ。よし、全国の病院を片っ端から当たって、最近、末期癌宣告を受けた患者を洗い出せ」一課長が顎を摩る。「解剖はしとくべきやったなぁ。桑島君、よう突き止めてくれた」
いけしゃあしゃあと桑島が頷き、解散となった。
《桑島さんと何があったの？》
「大刑のトイレで偶然一緒になったんです」
《それでこっちの情報をペラペラと喋ったってこと？》

呆れ顔の堂安が見えるようだ。

「すみません――」

自分のマヌケさとお人好しさに腹が立ってくる。これで堂安の評価は大きくダウンだ。

《やってしまったものは仕方ない。桑島さんのことを教えておくべきだった》

「いつもあの調子なんですか？」

《そう。他人が摑んだ情報は欲しがるけど、自分が摑んだ情報は絶対に教えない。はっきり言って人格破綻者よ。以後、気をつけること》

「肝に銘じます――」

《じゃあ、殺された受刑者達が起こした事件を精査する。取りあえず、彼らに殺された被害者の遺族の健康保険番号を調べないとね。それが分かれば健康保険証が使われた病院が判明するし、被害者遺族の中に末期癌患者がいたことも分かるかもしれない。だけど、よく練られた計画のようだから、私の勘が当たっていたとしても、連中の尻尾を捕まえるのは苦労するかも。ねぇ、どこかの部屋を借りて犯罪データにアクセスして》

「了解しました」

それから事務局に行って話をし、府警本部の地下一階にある部屋を借りることになった。

地下に降りてその部屋を探すと、小汚いスチールドアが見つかった。中には長机が一脚とパイプ椅子が二脚、ノートPCが一台あるだけだ。

早速、ショルダーバッグから射殺された受刑者達の資料を出し、犯罪者データにもアクセスした。

「堂安さん、出ました」

《被害者全員の名前を調べて》

キーボードを叩き続けること十五分、被害者達の名前が判明した。

辻本に殺害されたのは佐々木玲子。木村に殺害されたのは乃木智恵美。武田に殺害されたのは篠塚光子。井口に殺害されたのは浅田直美。有本に殺害されたのは藤井尚子。

被害者は全員女性だ。

《被害者達の遺族については警視庁で調べてもらう。あなたは東京に帰ってきて》

「いいんですか？」

《かまわない。今日の捜査会議でも気の利いた情報は一つもなかったし、こっちは関東で調べを進める》

被害者五人の家族構成が分かったのは夕刻。舟木は東京に戻っており、警視庁本庁舎近くのファミレスで夕食を摂っていた。

カツカレーを掻き込みながらデータに目をとおす。

佐々木玲子の家族は夫の他に、実の母親と妹が二人。夫の名前は佐々木和義、現在四十三歳。再婚はしておらず、東京都渋谷区在住。玲子の父親は一昨年他界しており、母親は六十八歳。妹二人は其々三十八歳と三十六歳で、いずれも結婚して福岡県と高知県に在住。

乃木智恵美の家族は夫と長女、それに両親に兄が一人。夫の名前は乃木康彦、現在三十九歳。再婚はしておらず、娘は十三歳。東京都足立区在住。両親はいずれも七十歳で埼玉県在住。兄は四十三歳で妻と長男がおり、両親と同居。

篠塚光子の家族は夫と両親。夫の名前は篠塚啓二（けいじ）、三十三歳。千葉県浦安市在住で再婚はしていない。光子の父親は七十一歳で母親は六十九歳、東京都大田区在住。

浅田直美の家族は両親のみ。父親の名前は浅田保（たもつ）、四十二歳。母親の名前は百合恵（ゆりえ）、四十歳。東京都練馬区大泉学園町在住。

藤井尚子の家族は父親と兄。兄の名前は藤井聡（さとし）、三十七歳。離婚して現在独身、娘が一人いる。大阪府箕面（みのお）市で両親と同居。父親は六十四歳で母親は六十六歳。

「浅田直美の両親の名前は書かれていますが、それ以外の被害者達の親の名前は？」

《容疑者リストから除外したから表示していない。高齢者と子供にあの犯行は無理よ》

「じゃあ、容疑者に挙げていいのは名前が書かれている男性だけですね。佐々木和義、乃木康彦、篠塚啓二、浅田保、藤井聡」

《藤井聡も外そうか、藤井尚子の事件だけが大阪で起きているから――。この一年以内に、佐々木和義、乃木康彦、篠塚啓二、浅田保がどこで健康保険証を使ったか調べるわ》

そうだった。すっかり忘れていた。

「堂安さん。もしも――なんですが」

《何？》

「捜査に進展がなくて時間の融通が利くようなら、今月の十八日、三時間ほど時間をいただけないでしょうか？　祖父の七回忌法要なんです。さっきも言ったように、時間の融通が利くならば」

《分かった。でも、まず無理だと思っておいて》
「はい。それは重々承知しています」

第二章

十一月十四日——

警視庁本庁舎を出た舟木は地下鉄桜田門駅に足を向けた。四人の健康保険証の使用記録が判明したのは昨夜のことで、全員が一年以内に健康保険証を使っていた。だが、新たにリストから除外する人物が出た。浅田保である。何故なら、彼の健康保険証だけが一ヵ月前に抹消されていたからだった。つまり、もうこの世の人間ではないということだ。浅田保の最終住所は東京都新宿区に変更されており、妻の百合恵の現住所も同じ。事件の後で引っ越したようだが、武装犯は四人だから、一度はリストから外した藤井聡を戻すことになった。

これから四人が最後に受診した病院で話を訊く。まずは佐々木和義から。文京区の音羽総合病院で診察を受けている。

「堂安さん。担当医師ですけど、守秘義務を主張したらどうします?」

《食い下がるだけよ。確かに、警察からの問い合わせがあった場合でも、医師・薬剤師・助産師には刑法上の守秘義務を主張する権利がある。だけど、こっちにだって刑事訴訟法第百九十七条第二項があるわ。『警察官は公私の団体に照会して必要な事項の報告を求めることができる』よ。守秘義務は『正当な理由なく』職務上知りえた秘密を漏らしてはならないとされているけど、警察による捜査照会はこの正当な理由に当たると解釈できる。それに今まで数々の事件を扱ってきたけど、医師本人が犯罪に関与していない場合は親切に情報提供してくれたわ》
「じゃあ、情報提供を渋った医師は怪しいってことになりますね」
《そうとも言える。事実、犯人と医師が共犯関係だった事件が過去にあったし――。まあ、こっちには切り札もあるから、守秘義務のことは心配しなくてもいい》
「切り札？」
《誰だって警察に疑われたくないでしょ。つまり、脅すのよ》
「そんな乱暴な――」
《恫喝じゃないわ、こう言うの。『教えると何か不都合でも？　先生、ちょっと署までご同行願えませんか？』ってね》
「なるほど」
殆ど恫喝だと思うが――。
移動すること四十分、音羽総合病院に着き、総合受付で身分を告げて佐々木和義を診察した医師に面会したいと申し出た。
ベンチに座って少し待つと、受付の女性職員がやってきた。佐々木が受診したのは整形外科で、担当医の名前も教えてくれた。
整形外科は二階だそうで、すぐそこの階段に足を向ける。
「堂安さん、どう思います？　末期癌患者なら、内科とか外科を受診するんじゃないでしょうか？」

《そうとは言い切れない。近藤の癌は骨転移していたじゃないの》

二階フロアーに上がって院内図を睨みつけた。右に行って突き当りを左、そのまま真っ直ぐに行けば整形外科だ。

外来受付で改めて警察手帳を提示し、佐々木を診察した医師に面会を申し込んだ。だが、時間が時間だからか、現在は外来患者の診察中とのこと。

結局、一時間余り待たされての事情聴取となった。医師は四十代半ばと思しき男性で、佐々木の主治医だと言った。主治医がいるのだから、佐々木は初診だけの患者ではないということだ。

「佐々木さんの病名は？」

「椎間板ヘルニアですよ」

切り札を使うまでもなかった。すんなりと教えてくれた。

「それだけですか？」

「ええ」と医師が答え、ＰＣを起動させて腰部のレントゲン写真をディスプレイに呼び出した。「ここですね」

指差された患部を見るが、素人には病状が全く分からない。だが、医師がそう言うのだから佐々木は末期癌ではないようだ。

《無駄足だったわね。次に行って》

辞去し、乃木康彦が受診した大田区第一病院に向かった。

しかし、大田区第一病院も空振りだった。乃木が受診したのは耳鼻咽喉科で、病名は蓄膿症。末期癌とはほど遠い。残る二人の中に末期癌患者がいることを願うばかりだ。
「堂安さん。誰も末期癌でなかった時は？」
《リストに挙げた人物達に会って事情聴取するまでよ。自分の病状から身元が判明しないよう、近藤が何か細工したとも考えられるから》
「細工ですか――。例えば？」
《そんなこと、分かるわけないでしょ！》
都合が悪くなるとこれだ――。
結局、その後も空振りだった。篠塚啓二は先月、消化器科を受診していたが病名は軽度の胃潰瘍。残るは藤井が診察を受けた病院だが、場所は大阪だから明日出向くことになった。

※

十一月十五日午前――
藤井が受診した病院を出た舟木は肩を落とした。大阪まで出向いてきたのにまた空ぶりだ。藤井の病名は腎盂炎(じんうえん)。だが、佐々木、乃木、篠塚、藤井が近藤ではないと分かっただけで、彼らが事件と無関係と決まったわけではない。
《四人に会ってみようか》
「彼らが大刑の一件に絡んでいるなら、警察が突然訪ねて行ったら警戒しませんか？」

《仕方がないじゃないの。会わなきゃ捜査が進まないんだから》
それもそうだ。全て隠密行動で片が付くなら捜査はどれほど楽か――。
《事情聴取されたことで連中が慌て、ボロを出す可能性もゼロじゃない。十一月十二日のアリバイも訊いてね。まずは藤井から》
「はい。ですが、この時間だと自宅にいないでしょうね」
《うん、夕方まで時間を潰すしかないわね。ああ、そうだ！　大阪まできたんだから捜査本部に顔を出して情報収集しておこうか》
「そうしましょう」
《だけど、桑島さんと会っても何も話すんじゃないわよ。彼のことだから、こっちの捜査を引っ掻き回すかもしれない》
そうだった。あの男はまだ大阪にいるのだった。

大阪府警本部に足を運んだものの、新たな情報はなく、桑島は桑島で『しばらく顔を見なかったが何をしていた？』としつこいまでの質問攻め。当然、ノーコメントを貫いた。

その後、先日借りた地下の狭い部屋でＰＣを操作した舟木は、四人の顔写真をプリントアウトした。全員が運転免許証を所持しており、登録データから顔写真をダウンロードしたのである。続いて手帳を開いて藤井の住所を再確認する。

腕時計を見るとじきに午後五時。藤井の自宅までは少しかかりそうだから、ちょうど帰宅していそうな時間に着けるだろう。

小一時間で到着したそこは、住宅街にあるそこそこ大きな家だった、インターホンを押すと女性が出た。声から察するに年配のようだ。母親か？

用件を告げると、ニッカボッカ姿の男が玄関から出てきた。門まで歩いてくる。

「おれが聡やけど、何です？」

「ある事件を調べているんですが、十一月十日の夕方、事件現場近くであなたに似た男を見たという証言を得ましてね」

「はあ？」藤井が頭の天辺から声を出す。「誰がそんなこと言うたんや！　しばいたる！」

「まあ落ち着いて——。どうです？　どちらにいらっしゃいました？」

「十日て何曜日？」

「日曜日ですけど」

「ああ、あの日か——。女友達とドライブに出かけて、帰ってきたんは夜の九時頃やったなぁ」

「女友達？」

「うん。まだ付き合ぉてへんけど、そろそろコクろうかと思てんねん」

恋人でないのならアリバイは成立することになるが——。

「どちらまでドライブを？」

「神戸や。異人館を見に行ってん」

《神戸なら高速を使ったはず。念のため、オービスシステムをチェックするか。何時頃、どこから高

速に乗ったか訊いて》

指示どおりに質問した。

「午前九時前やったかなぁ。第二京阪の枚方東から乗って、途中で名神高速に入ったけど」

「ドライブはあなたのお車で？」

「そうや」と答えた藤井が、自宅の駐車場に停めてある赤いフォレスターを指差した。隣にはクラウンも停めてある。「フォレスターが俺の車」

堂安のことだからもうナンバーをメモしただろう。

「ところで、藤井さんのご職業は？」

「大工や」

だからニッカボッカか——。

「女友達のお名前は？　どんな字を書きます？」

「そんなことまで言わなあかんのかいな」

藤井が眉根を寄せる。

「お願いします」

「菊池彩音（きくちあやね）。花の菊に池、彩（いろどり）に音って書く」

「お歳は？」

「三十四」

「ご住所は？　できれば詳しく」

藤井が溜息をつく。

「枚方第二病院の寮にいてる。看護師や」

「それは大変なお仕事ですね」嘘ではない、本当にそう思っている。「病院はどのあたりでしょう?」

「ひらかたパークの東側に大型スーパーがあるんやけど、そこの向かいや。でも、今日は寮に行っても無駄やで」

「どうして?」

「夜勤なんや」

それなら病院に出向くまで。

「どうもありがとうございました」

辞去してグーグルマップを呼び出した。

枚方第二病院——。

ここか。車なら所要時間は十五分といったところだろう。

「堂安さん。藤井の言ったこと、どう思います?」

《当然、疑ってるわ》

タクシーを降り、夜間受付で事情を話した。

「お呼びしますからロビーでお待ちください」

初老の警備員の声に頷き、ロビーに移動した。

それから五分と経たずに、髪をポニーテールにした白衣の天使が声をかけてきた。心が和むというか、美人ではないが優しさが滲み出ているような面差しだ。

「お忙しいのにすみません」

「聡さんのことで見えられたんでしょう？　さっき彼からメールがありました」

「じゃあ、用件もご存じで？」

「はい。聡さんのアリバイですよね」

「そうなんです」

「十一月十日、確かに私は、彼と神戸に行きました。朝の八時過ぎに彼が寮まで迎えにきて、午後八時過ぎに寮まで送ってもらったんです。嘘じゃありませんよ」

「疑ってなんかいませんよ」

「もういいですか？　そろそろ病室を回る時間なので」

そう言われたら引き止めるわけにはいかない。一応、藤井の証言の裏は取ったから彼女を解放だ。

「結構です。ご迷惑をおかけしました」

《東京に戻って事情聴取を続けて》

「はい」

やることが山ほどあって気が遠くなりそうだ。このぶんだと祖父の七回忌に出るのは無理か。

※

第三章

十一月十六日　午前八時半――

第一分室に入ると、早速、堂安から電話があった。徹夜で高速道路のオービスシステムをチェックしたところ、藤井が証言した時間に彼の車が写っていたそうである。

「ってことは、藤井はシロですか」

《そうとは言えない。確かに彼の車は写っていたけど、運転していた人物の顔までは確認できなかった。アポロキャップを目深（まぶか）に被っていたから。さあ、行って。日が暮れるわよ》

第一分室のドアに『外出中』のボードをぶら下げ、地下駐車場に向かった。

佐々木の自宅はＪＲ恵比寿駅の近くで、そこには『佐々木税理士事務所』の看板が掲げられていた。事務所兼用の一軒家か。

インターホンを押すと女性が応対に出た。佐々木は再婚していないから事務員か？

「警視庁の舟木と申します。佐々木和義さんにお伺いしたいことがありまして」

《警察？　少々お待ちください》

少し慌てたような声だった。

間もなくして玄関のドアが開き、中年女性が出てきた。門まで歩いてくる。

「先生がお会いになられるそうです」

通されたのは応接室で、どこにでもある応接セットがでんと構えていた。

促されてソファーに尻を沈め、ほどなくして頭の薄い男性が現れた。一重瞼で体格が良い。

「佐々木です」

舟木は立ち上がり、自己紹介して名刺交換を終えた。

再びソファーに尻を沈めると、「どういったご用件でしょうか？」と佐々木が言った。

「ある事件を調べておりまして」と前置きし、単刀直入に切り出した。「十一月十日の夕方ですが、どちらにいらっしゃいました？」

藤井にも同じ質問をしたし、佐々木と藤井が武装犯の一味なら警察の動きは完全に読まれたことになる。佐々木の表情がどう変化するか？

だが、佐々木は顔色一つ変えず、「十一月十日の夕方ですか？」と鸚鵡返しに訊いてきた。

「ええ」

佐々木が腕組みし、考える素振りを見せる。そしてややあって、「ああ、あの日は中目黒に行ったんだった」と言った。

「中目黒にいらした？」

「はい。『コスモス』という雑貨店で買い物をしました。午後五時頃だったと思います」

《挙動不審な点はないわね。警察がくることは先刻承知で、何度も事情聴取のシミュレーションをしたのかな？　となると、アリバイ工作も完璧か》

それとも完全にシロなのか――。

佐々木が咳払いをする。

「ところで、どうして私のところにこられたんです？　アリバイを尋ねるってことは、私がその事件に関与している可能性があるとお考えのようですが」

ここは惚け通すのみ。

「そんなことありませんよ。只の事情聴取で、今までにも二十数人からお話を伺っています」

「ああ、そうですか？　では、どんな事件なんです？」

さすがに大刑の一件だとは言い難く、「捜査に関することはお話しできません」と言って突っぱねた。

《まあいいでしょう。退散して》

「佐々木さん。お手間を取らせて申しわけありませんでした。最後に、『コスモス』っていう雑貨店はどの辺りにあります？」

「中目黒駅を出て、山手通り沿いを東に行けばすぐに分かりますよ。看板が出てますから」

「ありがとうございます。失礼します」

辞去した途端に溜息が出る。

《どうしたの？》

「だって、藤井と佐々木が武装犯の一味なら、こっちの動きはバレバレですもん。他の仲間にも連絡が行きますよ」

《気にしなくていい。それより『コスモス』に行って。佐々木のアリバイの裏を取る》

二十分程で中目黒に到着し、すぐに『コスモス』を見つけた。看板が見える。

駐車違反対策に赤いパトライトを助手席に置いた。同業者へのさりげないシグナルだ。こうしておけば駐車違反切符は切られない。車を降りて『コスモス』に向かう。

『コスモス』は間口二間ほどで、狭いながらも洒落たインテリアの店だった。女性が喜びそうな品々がポップ付きでセンスよく陳列されており、中年の女性客が数人いる。他に、商品を並べているショートヘアーで目の大きな若い女性がいた。

接客業ということもあるのだろうが、グリーンのエプロンをかけた彼女は落ち着いた雰囲気を醸し出しており、客達に向けている笑顔も至極自然である。痩せ型で、フラットシューズを履いているが身長は一七〇センチ近くありそうだ。

雑貨を見るふりをして客達がいなくなるのを待っていると、ほどなくして店内は舟木だけになった。

《行って》

堂安の声に頷いて佐々木の写真を手にし、レジに移動して女性に声をかけた。

「私、こういう者です」

警察手帳を提示した。

彼女の笑顔がすぐに消える。

「少々お尋ねしたいことがありまして――。この男性のことなんですが」

佐々木の写真を見せるなり、彼女が一つ頷いた。

「ご存じのようですね」

「はい。お名前は存じ上げませんけど、何度かいらしてますよ」

「そうですか――。この方、十一月十日の夕方、この店にきたと話しているんですが、間違いありませんか？」

「ええ、確かにいらっしゃいましたよ。灰皿を買っていかれたと記憶していますけど」

《堂々とした受け答えね、顔色一つ変えない。佐々木から刑事が行くと連絡があったのかも？》

　どうしてこうもすぐ疑うのか。無関係かもしれないではないか。

「失礼ですが、お名前は？」

「米倉理沙（よねくらりさ）です」

「どんな字を？」

「米に倉庫の倉、理科の理に、沙はさんずいに少ないと書きます」

　言われるまま手帳に書き込む。

「お歳は？」

「警察って失礼ですね。いきなり現れたかと思うと私の歳まで」

「すみません。これも職務なもので――」

　米倉理沙が溜息を吐く。

「二十九です」

「どうも。ところで、このお店のオーナーは？」

「私ですよ」

　この若さで店を持っているのか。

《車の免許を持っているか訊いて》

免許証のデータから顔写真をダウンロードするのだろう。

「運転免許証は？」

「原付なら」

彼女の証言が事実かどうかは定かでないが、アリバイの裏取りは終わった。堂安に指示される前に「ご協力感謝します」と言って店を出た。

《五分五分ね。一応、戸籍を調べてみる。さあ、次よ》

「堂安さん。彼女もグルだと思いますか？」

車に戻って手帳を開く。次は乃木康彦だ。住所は足立区北千住。

ラジオを点けるとニュースが流れてきた。

《本日午前九時頃、足立区北千住で空の薬品タンクを清掃しようとしていた男性二人が次々に倒れ、近くの病院に救急搬送されましたが死亡が確認されました。倒れた原因はタンク内の酸素が不足していたためと見られ――》

よくある事故だ。タンク内の酸素の有無を確かめないで作業したために起こる。

《気の毒に》と堂安が言った。

渋滞に捕まったために車を降りたのは午後一時過ぎだった。目の前には十階建ての古びたマンションが建っている。乃木の部屋はここの九〇三号室。

《米倉理沙の戸籍を調べてみたわ。独身だった》

「そうですか――。それより、平日の昼間だから乃木はいないでしょうね」

《いないなら出直すだけよ、行って》

九〇三号室のインターホンを押すと、野太い声の男性が出た。乃木であることを願いつつ、「警視庁の者ですが、乃木康彦さんはご在宅ですか?」と告げた。

《俺だけど》

これで出直さずに済む。

《でも、警察って?》

惚けているのか真面目に言っているのか――。乃木が武装犯の一味なら、警察が嗅ぎ回っていることも先刻承知に違いないが。

「少々お伺いしたいことがありまして」

《待って。今開けるから》

すぐに鉄のドアが半開きになり、「本当に警察の人」と声をかけられた。チェーンをかけたままだ。

「そうです」

ドアの隙間から覗くあばた面に警察手帳を突き付けた。

ようやくチェーンが外され、ドアが大きく開かれた。乃木は細身で上下白のスウェットを着ており、寝ていたのか髪はボサボサだ。目は二重で頬が痩けている。

「何、一体?　女房の事件のこと?」

「いえ、そうじゃありません」警察の動きはバレているかもしれないからもうヤケクソだ。単刀直入にいく。「ある事件を調べているんですが、十一月十日の夕方、どちらにいらしたかお尋ねしようと思いまして」

「はあ?」乃木が頭の天辺から声を出す。「ある事件って——。ひょっとして、俺のアリバイを調べてんの?」

「まあ、平たく言えば——」

「どうして?」

「いろいろとありまして……。でも、多くの方からお話を伺っています。あなたのアリバイだけを調べているわけではありませんから」

乃木が舌打ちしながら「アリバイなら隣の女性がしてくれるよ」と言い捨てた。

「お隣?」

「うん。あの日は夜勤明けで夕方まで寝ていて、それから新聞を取りに一階のポストに行ったんだけど、部屋を出たら隣の女性も出てきてさ。それで挨拶したんだ」

「なるほど。ところで夜勤明けと仰いましたよね。ご職業は?」

「長距離トラックの運転手。もういいかな?」

「どうも、ご協力感謝します」閉じられたドアの前で頭を掻いた。「まさか、隣の女性までもグルってことはありませんよね」

《どうだか? 取りあえず話を訊いてみて》

隣に移動すると、表札には『遠藤幸助』と書かれていた。乃木と会ったのは遠藤の妻か? それとも恋人か？　あるいは娘か？

何度もインターホンを押したが返事がない。留守のようなので帰宅するのを待つことにした。

それから一時間余り経った頃、エレベーターからスラリとしたショートヘアーの女性が降りてきた。

そして遠藤幸助の部屋の前で鍵を出した。

すかさず彼女に声をかけ、同時に警察手帳も提示した。

彼女が大きな目を瞬かせる。歳は二十代後半といったところか。

「遠藤さんの奥さんですか？」

彼女が首を横に振る。

「いいえ。一人暮らしなもので、表札には男性の名前を書いてあるんです」

そういうことか。防犯対策だ。

「お名前は？」

「遠藤素子です。それより何のご用ですか？」

「ああ、失礼しました。お隣の乃木さんのことなんですけど、十一月十日の夕方、玄関を出たらあなたに出くわしたと仰るんですよ。事実ですか？」

彼女が宙に視線を漂わせる。

「十一月十日の夕方？」

それから間を置かず、彼女が大きく頷いた。どうやら思い出したようだ。あるいは、思い出したふりをしているのか。

「確かに。挨拶もしましたよ」

「よく覚えていますね」

「だって、つい最近のことですから。覚えてちゃいけませんか？」

「いえ、結構な記憶力だなと思ったものですから。ところで、あなたのお名前、どんな字ですか？」

「遠藤は表札どおりで、素子は素材の素に子供の子です」

「年齢とご職業は？」

「取り調べですか？」

彼女が口を尖らせる。

「違います」顔の前で激しく手を振った。「参考までに――。お願いしますよ」

「仕事は美容師で、歳は二十八です」

「運転免許証は？」

「持ってますよ、ペーパーですけど」

「どうもありがとうございました」

彼女はさっさと鍵を開け、部屋の中に消えた。

「堂安さん。どう思います？」

《さあね。取りあえず、そのマンションに管理人がいるかどうか調べて。いなければ、管理会社の名称と電話番号を調べなさい》

「そんなことしてどうするんですか？」

《遠藤素子がいつ引っ越してきたか調べるのよ》

「え？」

《乃木のアリバイを証明するためにわざわざ引っ越してきた可能性もあるでしょ》

そこまで疑うとは――。

それからマンションの管理人を見つけ、遠藤素子のことを尋ねた。引っ越してきたのは今年の六月だそうである。

《引っ越してきてからまだ半年と経たない。乃木のアリバイを証言するために引っ越してきた可能性は大いにあるわね》

「どうでしょうね」

まだ半信半疑だ。

その後、浦安市の篠塚啓二を尋ねたが留守。終電近くまで待ったものの篠塚は帰宅せず、事情聴取は明日に持ち越しとなった。

※

十一月十七日――

朝から篠塚の自宅を訪ねたが、相変わらず返事はなかった。深夜に帰宅して早朝に出かけたのか、それとも昨夜は帰宅しなかったのか。

結局、午後六時過ぎまで待ってようやく篠塚を捕まえた。事情を話すとすぐにオートロックを解除してくれ、エレベーターで十二階まで上がってスカイツリーがよく見える通路を一番奥まで進んだ。

《いいマンションね》

「ええ。ロケーションも最高ですし、分譲なら五千万前後するんじゃないでしょうか」

そう言いつつ、篠塚の部屋のインターホンを押した。

返事はなかったがドアが開いた。

「篠塚です」

色黒で白い歯がやけに目立つ。見るからに引き締まった身体つきで、身長も一八〇センチ以上ありそうである。

「何ですか？　一体」

「ある事件を調べておりまして——。篠塚さん、十一月十日の夕方、どちらにいらっしゃいました？」

途端に篠塚の眉根が寄る。

「私のアリバイを調べているんですか？」

「平たく言えば——」

「どうして？」

「まあ、いろいろと。いかがです？」

「その日は友人と会っていましたよ。午後四時に銀座で待ち合わせして、それから映画に。映画を観た後は居酒屋で少し飲みました」

「ご友人のお名前は？」

「加藤涼子さんです」

「女性」

「ええ。でも、只の友達ですよ」

《恋人の証言はアリバイにならない。それで友人ということにしたのかな？》

「加藤さんはお幾つですか？」

「二十九歳だったかな」

「加藤さん、どんな字を書きます？」

「加藤は加えるに藤、涼子は涼しい子です」

「お住まいは？」

「月島です」

「中央区ですね。詳しいご住所を」

篠塚が、あからさまにうっとうしそうな顔をする。どうしてそんなことまで言わなきゃならないんだと顔に書いてある。

「どうしました？　言えませんか？」

「今時、恋人でもない相手の住所を暗記している人間なんていますか？」

確かにそうか――。

「彼女、月島駅近くのレジデンス月島っていうマンションに住んでますよ」

「それだけ分かれば結構です。加藤さんのご職業は？」

「ＯＬですよ」

「どこで知り合われたんですか？」

「ヨガのセミナーで」

篠塚が、うんざりといった表情を浮かべる。

「ところで、篠塚さんのご職業は？」

「ＩＴ関係の会社を」

「社長さん？」

「そんな大そうなもんじゃありません。従業員だって十人ほどしかいませんし」

《少し煽（おだ）ててやりなさい。口が軽くなるかもしれないから》

「いや〜、その若さで十人も食べさせているんだから大したものですよ」

篠塚が笑って頭を掻く。

「会社の電話番号は？」

「名刺持ってきます」

篠塚はすぐに戻り、名刺を突き付けてきた。『株式会社ＡＲＡＤＩＮ』。所在は六本木。

「どうもお手数をおかけしました。これも職務なものでご理解ください」

篠塚が無言でドアを閉めた。次は加藤涼子だ。

一時間弱でお目当ての住所に着き、車を降りて目の前の高層マンションを見上げた。ここもグレードが高そうだ。

エントランスには入れたものの、その先には進めない。壁にはめ込まれたインターホン群の中から『七〇一加藤』を見つけてボタンを押した。

幸い女性の声で返事があり、彼女が加藤涼子だった。用件をざっと伝える。

《篠塚さんのことでお話が？》

「そうなんです」

《正面上にカメラがあるんですけど、分かります？》

確かにある。

「はい」

《そこに警察手帳を》

当然の要求だ。指示されるまま警察手帳を掲げた。

《本当に警察の方だったんですね。ロックを解除しますから入ってください》

「どうも」

ロックが解除される音がしてドアの前に立った。ドアが自動で開いて奥に踏み入る。

七〇一号室に行くと、計ったようなタイミングでジーンズ姿の目を見張るような長身の美女が出てきた。栗色のショートヘアー、大きな目とふっくらした唇。

《彼女も目を引くわね》

同感。

「刑事さん。篠塚さんがどうかしましたか？」

「ある事件を調べておりまして、それで篠塚さんからもお話を伺ったんですが――。十一月十一日の夕方、銀座であなたと待ち合わせをしたと仰ってるんですけど、間違いありませんか？」

わざと十一日と言ってみた。これで彼女が『はいそうです』と言ったら怪しい。

だが――。

「十一日ですか？　彼と会ったのは十日でしたけど」

「あっ、すみません。言い間違えました。十日でした」

「あの日は四時に三越前で待ち合わせして、それから映画に。映画の後は居酒屋に行きました」

申し合わせたように同じ証言だが――。

「篠塚さんとはヨガのセミナーで知り合われたとか」

「そうですよ」

「加藤さんはどちらにお勤めですか？」

「大東洋商事の秘書課に勤務しております」

世界屈指の商事会社だ。しかも、そこの秘書課にいるとは……。

「ああ、そうそう。運転免許証は持っておられます？」

「ええ。大型特殊も」

「大型特殊？」

目が点になる。

「将来役に立つことがあるかもしれないと思ったものですから、ちょっと無理して取りました」

会社が倒産しても、こんな美人で大型特殊まで持っているなら、どこの運送会社もバス会社も諸手を挙げて大歓迎だろう。これで篠塚の証言の裏は取ったが――。

辞去して車に戻った。

「堂安さん。事情聴取した四人のうち三人が武装犯だとすると、アリバイ証言をした女性達もグルということになりますけど、近藤との接点は何でしょう？」

《それも謎だけど、そもそも近藤が誰なのか？　ああ、そうだった。あなたのお祖父さんの七回忌、明日だったわね》

「そうです」

《行ってきなさい、一日休みをあげる。だけど、緊急呼び出しは覚悟しといてよ》

「いいんですか？」

《うん。少し頭を整理したいし、今後の捜査方法についても考えたい》

「ありがとうございます！」

話を終えて、早速、母に電話した。

※

十一月十八日――

幸い緊急呼び出しもなく、祖父の七回忌は滞りなく終わった。しばらく会っていなかった祖母はまた一回り小さくなっていて、祖父の遺影を見つめながら目にいっぱいの涙を浮かべていた。もう九十四歳になるが、まだまだ長生きして欲しい。

外に出てタクシーに乗った。食事の席が用意されている店に移動だ。

すると、叔父も乗り込んできた。

「亮太、捜査一課に栄転したんだってな」

「栄転ってほどでもないけどね」

「毎日大変なんだろ？　今日はよく出席できたな」

「たまたまさ」

「ところで、義兄(にい)さんが亡くなって何年になる？」

「九年だよ」

あの時はまだ高校生で、訃報を聞いたのは夏休み最後の日だった。

クラブ活動を終えて自宅に帰ると、母が鳴っている電話の受話器を取ろうとしているところだった。『ただいま』と小声で言い、受話器を耳に当てた母の横を通ってリビングに入った。それから冷蔵庫を開けて牛乳パックを摑んだ矢先、何か硬い物が落ちたような音が聞こえて廊下を見た。

あの時の光景が目に焼き付いて今も離れない――。

そこには呆然と立ち竦む母がいて、受話器が廊下に転がっていた。通話口から『もしもし――もしもし』という男性の声が微かに聞こえ、何事かと思って受話器を拾い上げたところ、母が崩れるように膝をついたのだった。頬を伝っていたのは涙で、母の啜り泣きが始まった。

重大な事態が起きたことは明らかで、握った受話器を恐る恐る耳に当てた。

『もしもし』

『あなたは？』

『この家の者です。母に何か？』

『舟木巡査部長の息子さんですか。実は——舟木巡査部長が亡くなられました』

その後の声は聞こえないに等しく、肩を震わせる母を見つめることしかできなかった——。

「それで、犯人に関する情報は？」と叔父が訊く。

力なく首を振った。

「全くない。奪われた拳銃の行方もね」

父は細身の刃物で背中を五ヵ所刺されて絶命していたという。背中を刺されたことから不意を突かれたと思われるが、拳銃まで奪われたということは、犯人は最初からそれを狙っていたのだろう。父の拳銃が使われたという報告はまだない。しかし、使われていないとは言い切れないのだ。その拳銃によって殺された人物がいたとしても、死体が出てこない限り分からないのだから。

「仕事、十分に気をつけてな。お前まで殉職なんてことにはなってくれるなよ」

「大丈夫」

親戚達に挨拶を済ませて食事会場を後にしようとすると、母が声をかけてきた。

「ねぇ、上司の方にご挨拶しなくていいかしら？」

「挨拶？」

「うん。だって、あんた新米だし」

「いいよ、そんなことまでしなくて」

過保護な母親と思われるだけだ。

「じゃあ、お名前だけでも教えて」

「堂安さんだよ」

「え？　ドウアン？」

「どうしたの？」

「お父さんの事件の時、事情聴取にこられた刑事さんの名前も堂安さんだったのよ。珍しい名前だから憶えているんだけど――」

「堂安さんは女性だよ」

「事情聴取にこられた堂安さんも女性だった。まだ若そうだったけど」

若い女性だった？

そういえば、堂安は父の事件のことを知っていたし、キャリア組であっても警察に採用されてからしばらくは現場に出る。しかも、珍しい名前だ。まさか、堂安一花が父の事件を担当したということか？

「同じ人かしら？」

「それなら俺に、父さんの事件を担当したって言うと思うけど」

「あらそう。じゃあ、違う人ね」

登庁して第一分室に足を向けた。父の事件の調書を読み返してみることにしたのである。刑事という立場を得てすぐに目を通したが、一度しか読んでいないから見落としている点があるかもしれない。

第一分室に入って犯罪データにアクセスした。現場の写真を見るのは辛い。しかし、それをグッと我慢して調書をディスプレイに呼び出す。

父の遺体を発見したのは同僚の巡査長で、名前は鮫島幸太郎。警邏を終えて交番に帰ってくると、父が血塗れで倒れていたという。

慎重に調書を読み進めたものの、どこにも堂安らしき人物のことは出てこない。そしてとうとう、最後のページを閉じることになってしまった。

第一発見者に訊けば分かるかもしれない。

職員名簿を閲覧すると、鮫島幸太郎の名前を見つけた。所属は国分寺警察署の生活安全課で、階級は警部補。職階は課長だ。

非番でなければいいが――。

国分寺警察署に電話して用件を伝えたところ、幸い、鮫島はいてくれた。

《お電話代わりました。鮫島ですが》

「お忙しいところ恐れ入ります。舟木と申します。父の舟木誠一郎を覚えていらっしゃいますか？」
《やっぱり舟木さんの息子さんだったか。舟木さんという方から電話だと聞いて、もしやと思ったんですよ。お父さんはお気の毒でした》
「どうも──」
《お母さんはお元気ですか？》
「お陰様で」
《それは何よりです。それで、ご用件は？》
「父の事件の調書を読んだんですが、お尋ねしたいことが」
《あの事件の調書を読んだ？　失礼ですが、法曹界にいらっしゃるんですか？》
弁護士か検事をしていると勘違いしているらしい。
「いいえ。警察官をしております」
《そうですか！　お父さんと同じ道を──。所属はどちらですか？》
「本庁におります。捜査一課に」
《えっ！　いやぁ、これは驚いたな。まさか、舟木さんの息子さんが刑事に、それも捜査一課にいるなんて──。失礼、話を逸らしてしまいました。お訊きになりたいこととは？》
「父の事件を担当した刑事のことなんですが、母が申すには『堂安さんという女性だった』と」
《ええ、確かに女性の捜査員もいました。ですが、もう随分前のことですから名前までは──》
「そうですか。どうもありがとうございました」

《いえいえ。お役に立てなくて申しわけない》
通話を終えて、三鷹警察署の刑事課に電話した。父の事件の捜査に加わった刑事がまだいるはずだ。その人物と話して堂安なる刑事のことを尋ねたところ、女性のキャリアだったことを教えられた。もう間違いない。両国に住む堂安一花が父の事件を担当したのだ。しかし何故、堂安はそのことをこっちに言わなかったのか？　何か意図があってのことか？
堂安のことだ、尋ねたところで教えてくれるわけがないか。教える気なら最初から話しているはずである。
とりあえず、七回忌が終わったことを報告しよう。堂安を呼び出した。
「七回忌、終わりました。ありがとうございました、出られると思っていなかったもので」
《今日はゆっくり休んで。ところで、お祖父さんはお幾つで亡くなられたの？》
「一度目は二十歳で、二度目は八十九歳でした」
《はあ？　何言ってんの？》
「驚いたでしょう。祖父は数奇な星の下に生まれたようなんですよ。戦争で激戦地の南方戦線に送られたんですけど、奇跡的に生還しました。でもね、祖父の帰還前に、戦死公報が祖母の許に送られてきたんです」
《誤通知だったってこと？》
「そうなんです」戦中戦後の混乱で、誤って送られた戦死公報がかなりあったと聞く。「ですから、『ただいま』と言って帰ってきた祖父を見て腰を抜かした、と祖母は話していました。当然ですよね。葬式も出して遺骨のない骨壺も先祖代々の墓に納めていたんですから」
何故か堂安が沈黙している。
「どうかしました？」
《あなたの話を聞いて、確かめたいことが出てきた》
「え？」
《阪大病院で近藤の解剖に立ち会った後、私が『気になることがある』って言ったのを覚えてる？》
「ああ、そんなこと仰ってましたね」
《その答えが見つかるかもしれない。今何時？》
腕時計を見る。
「午後五時三分ですけど」
《まだ時間があるわね。休暇は終わりよ、すぐに浅田夫妻の旧住所に行って》
またわけの分からないことを言い出した。
「どうしてですか？　浅田保はリストから外したでしょ」
《行けば分かる》
「確か、練馬区大泉学園町でしたね。浅田直美が誘拐された現場も大泉学園町内でしたけど、気になっていたのはそのことですか？」
《そう。大泉学園町には何がある？》
急に言われても――。

《詳しい住所を調べて折り返し電話するから、最寄りの駅に向かって》
堂安が通話を切った。
何を考えているのか？　浅田保は死んでいるというのに――。大泉学園町には何があるというのか？
西武池袋線大泉学園駅で降りた舟木はバスに乗り、長久保バス停で下車してグーグルマップを見た。目的地はすぐ近く、五分もあれば行けそうだ。
ほどなくして団地群が見え始め、そのうちの一つが浅田夫妻が暮らしていた棟だった。しかし、予想もしなかった施設が隣接している。陸上自衛隊の朝霞駐屯地だった。
堂安が言っていたのはこれか！
「堂安さん。ここは――」
《自衛隊の官舎よ。これで事態が動くかもしれないわね。自衛隊員の中には現行の憲法に不満を持つ者も多いと聞くし》
何が言いたい？
《取りあえず、浅田夫妻が住んでいた部屋に行って。引っ越したということは退官したからだと思うけど、その理由を知りたい》
「はい」一番右の階段を駆け上がって三〇二号室の前に立った。「ここですね」
《向かいの住人に浅田夫婦のことを尋ねてみて》
言われるまま向かいの部屋のインターホンを押すと、女性が出た。

「恐れ入ります。私、警視庁の舟木と申します。お尋ねしたいことがあってお邪魔したんですが」

《警察？　ちょっと待ってください》

すぐにドアが開き、三十代と思しき小太りの女性が顔を出した。

警察手帳を提示する。

「どういったことでしょうか？」

「以前、お向かいに浅田さんと仰るご夫婦が住んでいらしたんですが、ご存じですか？」

「勿論知っていますよ。娘さんを亡くされてお気の毒でした。退官されたのはいつだったかしら？」

「退官された理由は？」

「そこまでは聞いていませんけど」

《もういいわよ》

「どうもありがとうございました」

辞去して官舎を出た。

《次は駐屯地内の事務局に行って、浅田が退官した理由を訊き出して》

「了解」

それから駐屯地の中に入り、近くを通りかかった迷彩服姿の男性自衛官を捕まえて事務局の所在を訊き出した。

歩くこと十分余り、事務局を見つけ、女性職員に事情を話してしばし待つことになった。

ベンチで待つうちに年配の男性自衛官が現れ、改めて事情を訊かれた。

《まだ内偵段階だから、大刑の件は絶対に話さないでよ》

その声に頷き、「ちょっとした確認事項です」と答えた。

「浅田が犯罪に関与している可能性は？」

自衛官が尚も訊く。

《ないと答えておいて》

「ありませんよ」

自衛官が、唇を少し尖らせて頷いた。

「それならいいんです。ご存じとは思いますが、自衛官が、いえ、元自衛官であっても罪を犯すとマスコミが異常に騒ぎ立てますからねぇ。それでなくても、我々は肩身の狭い思いをしていますし」

そのとおりだと思う。自衛隊が違憲だと騒ぐ憲法学者も多くいる。災害時、彼らがどれほど頼りになるか分かっていないのだろうか？　有事になれば尚更だろう。

《浅田が病気だったかどうかも尋ねて》

どうしてだろう？　堂安は何を疑っている？

《早くしなさい》

せっつかれて口を開いた。

「浅田さん、お身体とか壊されていませんでしたか？」

「聞いていません。でも、内勤に転属願を出していましたね」

《転属願か――。もういいわ》

礼を言って事務局を出た。
「堂安さん。浅田が病気ってどういうことです？」
《まだ気付かないの？　近藤は元軍人かもしれないと言ったでしょ》
「え？　あっ！　ひょっとして、浅田と近藤が同一人物だと？」
《そう。あなたのお祖父さんの話を聞いてもしやと思ったんだけど、案の定、浅田は自衛隊員で、娘が誘拐されたのもこの近辺だった》
「でも、あり得ませんよ。浅田はひと月前に死んでるんですよ」
《だけど、あの自衛官は浅田が死んだことに全く触れなかった。つまり、教えられていないってことにならない？　退官したとはいえ、元の職場の仲間ぐらいには死んだことが伝わっているのが普通じゃないかしら》
「そう言われてみれば――」
《妻の百合恵は意図的に教えなかったのかもね――。だとしたら、葬式にこられたら困るからだわ。遺体を見せられるわけがないもの。それに、浅田は内勤に転属願を出していた。体調が思わしくなかったからとも考えられる》
「じゃあ、誰かが浅田の死亡診断書を偽造したことになりますけど」
《医者なら簡単よ。妻の百合恵もグルと考えた方がいいわね。偶然とはいえ、あなたが役に立ったことは事実だから褒めてあげる》
喜んでいいものか……。

《問題は火葬ね。火葬許可証は死亡診断書と死亡届が役所で受理されると発行されるけど、使われたかどうか？　火葬場にも問い合わせてみましょうか》
もし使われていなければ堂安の推理が当たったことになるが、使われていたとしても、堂安の推理が正しいなら浅田以外の誰かが焼かれたことになる。
《浅田はひと月前に死んだと思い込んでいたから受診した病院を調べなかったけど、突き止めなきゃ》
「妻の百合恵はどうします？　会いますか？」
《それは避けた方がいいわね。近藤が浅田なら、本丸に迫ったことになるから——。焦って墓穴を掘りたくない》
「ねぇ、堂安さん。浅田が近藤だとすると、容疑者リストに戻した藤井はどうなります？」
《無関係の可能性が高くなる》
「根拠は？」
《容疑者達のアリバイ証言をした女性達よ。三人はスラリとした美人でショートヘアーだった。だけど藤井の女友達だけがポニーテールで取り立てて美人でもなかった。それに、前にも言ったように藤井だけが大阪在住っていうこともある》

※

十一月十九日　午前——

舟木は地下鉄東西線落合駅の改札を出た。

浅田が受診していた病院は港区芝浦の城北医大病院だったが、死亡診断書を書いたのは新宿区にある柚木（ゆずき）外科クリニックという救急指定されている個人病院で、しかも、浅田夫妻の引っ越し先の近くであることが判明。そんなわけで、まず、柚木外科クリニックを偵察するよう命じられた。

「堂安さん。本当に、柚木外科クリニックが死亡診断書を偽造したと考えてるんですか？」

《うん。私は救急車の出動記録と火葬記録を調べてみる》

グーグルマップを睨みながら歩を進め、ほどなくして柚木外科クリニックに到着した。平屋のコンクリート造りで正面はガラス張りだ。『柚木外科クリニック　救急指定病院』の看板が掲げられている。クリニックに隣接して大きな二階建てのコンクリートの建物があり、『柚木』の表札が見える。あっちは自宅か？

堂安はまだ救急車の出動記録を調べているようで、イヤホンは無言のまま。

それから五分も待ったろうか、堂安の声が聞こえてきた。

《浅田が死んだ日の午後九時前、そこの管内にある消防署所属の救急車が、確かに浅田を柚木外科クリニックに搬送していたわ》

「火葬の方は？」

《新宿区斎場で確かに浅田の火葬処理が行われていた》

つまり、浅田の代わりに誰かが焼かれた可能性が浮上する。もしそうなら、焼かれたのは誰だ？

「見てください。柚木外科クリニックです」

視線を建物に向けた。

《洒落(しゃれ)た造りのクリニックね》

「ええ」

《近所の住民に、そのクリニックが常時急患を受け入れているかどうか尋ねてみて》

「ひょっとして、浅田を受け入れた時だけ夜間に病院を開けていたと？」

《うん。何でも疑ってかかれよ》

人を見たら泥棒と思えということか？

隣の家に移動した。

結局、数軒で話を聞いたが、誰もが『ここ最近は救急車が停まっているのを見たことがない』と証言した。それに、柚木外科クリニックの医師は柚木医師だけだそうだから、一人で切り盛りしていることになる。

《ここ最近は救急車もこないということは、急患受け入れ要請を断っているからに他ならない。それなのに、浅田の時だけ受け入れたのはどうして？》

「死亡診断を下すため？」

《そう。浅田を死人に仕立て上げるために、わざわざその日だけ急患を受け入れたんだわ。妻の百合恵から『柚木外科クリニックに行って欲しい。救急指定もされている』と言われれば、それを拒否する救急隊員はいない。勿論、隊員も受け入れ要請をしただろうし、柚木医師はその要請を受けた》

「じゃあ、浅田の代わりに火葬されたのは誰でしょう？」

《さあね。でも、犠牲者が一人増えることになりそう。浅田が受診していた城北医大病院でも話を訊いてみましょう》

城北医大病院の受付で事情を話すと、浅田に関する情報がすぐに提供された。一年ほど前に内科を数回受診しており、主治医の名前も分かった。栗原早苗(くりはらさなえ)。

主治医にアポを取ると、幸いにも今日は外来の診察がないそうで、二階にある医局で会うことになった。

内科の医局はすぐに見つかり、ドアをノックした。

「どうぞ」

中から女性の声がして、「失礼します」と言いつつドアを押し開けた。

医局内にはデスクが五つあり、窓側のデスクに白衣を着た小太りの女性がいた。年齢は四十代といったところか。他に医師はいない。

「警視庁の舟木です」

軽く腰を折ってから警察手帳を提示すると、右の応接スペースに通された。

名刺交換を終えるなり、「田坂先生のことでまた見えられたのかと思いましたけど、違ったんですね」と栗原医師が言った。

何のことだろう?

そんなことより浅田のことだ。

「浅田さんですが、ある事件に関与している疑いがありまして――」

「えっ！」彼女が眉根を寄せる。「田坂先生の一件と関係しているってことですか？」

田坂という人物のことなど全く知らない。「そうじゃありません。ある事件です」と答え、「守秘義務のことは重々承知していますが、浅田さんの病名と病状についてお話しいただけないでしょうか？」と続けた。

彼女の表情から逡巡していることが手に取るように分かる。守秘義務のことが頭を巡っているのだろう。こうなったら堂安に伝授された奥の手を使うしかない。

そう思った矢先、彼女が頷いてくれた。

「分かりました、浅田さんが事件に関与している疑いがあるのなら……。病名は膵臓癌でステージ4です」

つまり末期。もう間違いない、近藤は浅田保だ。

《彼女はステージ4ですと言った。ということは、浅田がまだ存命だと考えているみたいね》

どうやらそのようだ。

「浅田さんに病名と余命の告知は？」

「しましたよ。同席した奥様にも――。余命は一年から一年半」

「浅田さんはどんな反応を？」

「ご夫婦で絶句されました。無理もないと思います――。でも、余命に関しては『治療を受けなければ』ということですから、抗癌剤治療や放射線治療を受ければ延命は可能だともお伝えしたんです。

それで、治療を受けることになったんですけど……」

身を乗り出した。

「けど？」

「それっきり、こられなくなって――」

《浅田は延命治療を拒否して復讐を実行したってことか。だけど、どうして？　一度は延命治療を受け入れたというのに、どうして心変わりしたの？》

延命治療を受ければ入院しなければならない。そうなれば計画に支障をきたすと思い直したのではないだろうか？

「最近はセカンドオピニオンが推奨されていますから、他の病院に行かれたんじゃないでしょうかねぇ」栗原医師がこっちを見据える。「浅田さんのことを調べていらっしゃるなら、ご本人ともお話しされたんでしょう？　どんなご様子です？」

《適当に誤魔化して》

「とても痩せてますよ」と出まかせを言う。

「でしょうね……。でも、まだご存命で良かった。治療が上手くいってるんでしょう」

《柚木外科クリニックについて何か心当たりがないか尋ねて》

「先生。新宿区にある柚木外科クリニックをご存じじゃありませんか？」

打てば響くといったタイミングで、「知っていますよ」と答えがあった。

「柚木先生とお付き合いが？」

「そういうわけではありませんけど――。この病院の非常勤医師ですから」

《何ですって――》

「うちの病院は外科医が不足しているものですから、彼女にきていただいているんです」

彼女？　柚木医師も女性か――。

「柚木先生がどうかしたんですか？」

「浅田さんとお知り合いのようなので」

「知り合い？」

「ええ」

「聞いていませんけどねぇ。じゃあ、あの後に知り合われたのかしら？」

「あの後って？」

「浅田さんの検査結果が出て末期癌だと判明しました。それで手術が可能かどうか、外科の意見を聞こうと思って医局に行ったんです。その時に医局長の他に柚木先生もいらして、浅田さんのＭＲＩ画像を見てもらったんですよ。そして手術は無理だという結論になったんですけど、その時に柚木先生が、『この方、ご職業は？』って――。知り合いならそんなことは言わないはずでしょ？」

「そうですよね。他にどんなお話を？」

「何を話したかしら？　浅田さんの職業を教え、ＭＲＩの画像を見てもらって――」ややあって、栗原医師が「ああ」と言った。

彼女に顔を近づける。

「浅田さんの娘さんのことを話したんだっけ」

「娘？」

「ええ。浅田さん、娘さんを亡くされているんです。殺されて——」

そんなことは先刻承知だが、どうして栗原医師も知っているのか？

「よくご存じですね。浅田さんと個人的なお付き合いが？」

「そうじゃありません。浅田さんを私に紹介した医師は私の兄で、練馬区内で内科医院を開いています。そして、兄の娘と浅田さんの娘さんが同級生で友達だったんです。その関係で兄夫婦と浅田さんご夫婦も親交があって、兄は浅田さんのホームドクターもしていました」

兄の医師は浅田に、『設備の整った病院で精密検査を受けた方がいい。妹が城北医大病院にいるから紹介する』と言ったのだろう。

「ですから当然、兄は浅田さんの娘さんの事件のことを知っていて、私に浅田さんを紹介した時にそのことも話してくれたんですよ。私も同い年ぐらいの娘がいますし、なんだか身につまされちゃって」

「それで柚木先生に、その話もした」

「はい。まあ、医師同士ですし、外部に漏らすことはないと思ったものですから」

《もういいわ、引き揚げよ。だけど、警察がきたことは口止めしておいて。柚木医師の耳に入れたくないから》

「先生、ご相談が」

「何でしょう？」

「先生から頂いたご回答なんですが、捜査機密に該当する可能性があります。私がした質問も含めて、一切他言無用に願えませんか」立ち上がって深く頭を下げた。「お願いします」
「ご心配なく」
「ありがとうございます！」
医局を辞去すると、《浅田は延命治療を承諾しておきながら、何故かそれを受けなかった。つまり、治療を承諾した後で何かがあったとみるべきね》と堂安が言った。
「栗原先生の話からすると、検査を受けた時点で浅田は柚木医師を知らなかったはずですよね。となると、柚木医師の方から浅田に接触したのかもしれません」
《そうね。でも、理由は？　その時にどんな話をしたのかしら？》
「大阪刑務所の一件に関係していることは間違いないと思います」
《いずれにしても、柚木医師の存在が浅田の心を変えたことは間違いない。もう一度、柚木外科クリニックに行って》
「またですか？」
《考えがあるの。柚木医師に会ってちょうだい》
「私が？」
《他に誰がいるのよ》
ロビーに降りるなり、堂安が《あれ？》と言った。
「どうしたんですか？」

《正面から歩いてくる男》
眼光鋭い、スーツ姿の痩せた中年男だ。
《捜一の刑事よ。一緒に仕事をしたことはないけど》
「あの人が――」
《名前は確か――山瀬さんだったかな》

柚木外科クリニックを視界に捉えると、堂安が《ねぇ。これから行くのはどんな所?》と訊いた。
「病院ですけど」
《そう、しかも外科クリニックよ。そんな所に、ピンピンした身体で行く気?》
「え? ひょっとして、患者として行けってことですか?」
《当たり前でしょ。柚木医師は一連の事件のキーマンかもしれない。そんな人物に堂々と事情聴取するマヌケがどこにいるのよ。それでなくても、彼女がグルなら仲間達から警察が動いていることを聞かされているだろうし、だとすれば当然、あなたの名前や容姿、特徴も把握しているとみるべきよ。でも患者として接触すれば、彼女だってまさか警察が、怪我までして自分に会いにきたとは思わないでしょう》
「でも、私は病気も怪我もしていませんし――。それ以前に、今は健康保険証だって所持していませんし」
《だったら怪我すりゃいいでしょ。外科クリニックなんだからすぐに治療してくれるわ。保険証は後

から持って行けばいいし》
「ご冗談でしょ？」
《真剣よ。だけど、死なない程度にね》
「そんな無茶な！」
《つべこべ言わず、転ぶなり壁に顔を打ちつけるなりしなさい！》
お、鬼だ――。
《労災扱いにしてあげるから》
今度は猫なで声である。
拒否したところで無駄だと観念し、近くの公園に移動した。そして肩を落としてメガネを外すと、周りに人がいないのを確認してから公衆トイレの壁に顔を打ちつけた。途端に目から星が飛んで鼻血が滝のように流れ出す。
《やった？》
「やりましたよ！」と怒声で返す。
《見せて》
メガネのカメラを自分に向けた。
《うん、なかなかいいわ。だけど、できればおでこに擦り傷の一つも欲しいかな。そうすれば転んで怪我をしたと言えるし》
「やりますよ、やりゃあいいんでしょ」

もうヤケクソだ。今度は壁に額を押し当て、頭を左右に動かした。

額がヒリヒリするから皮が剝けたようだ。額にハンカチを当ててみると、薄(うっす)らと血がついていた。

《見せて》

もう一度、メガネのカメラを自分に向ける。

《よしよし、上出来よ。柚木外科クリニックに行って診てもらいなさい》

言われなくても行く。だが、鼻の痛みが酷い。本当にヒビでも入ったかもしれない。

《怪しまれたくないから、イヤホンは補聴器だと偽ってね》

「はい」

《それと、まかり間違っても職業欄に警官なんて書かないでよ》

「そこまでバカじゃありません！」

柚木外科クリニックのガラスドアを押し開け、スリッパに履き替えて内扉を開く。

待合室は十畳余りの広さで、ベンチが四脚と畳敷きのスペースがあった。患者は六人いて、雑誌を読んでいる者や携帯をいじっている者、何もせずに順番を待っている者もいる。

ハンカチを鼻に当てたまま受付に移動した。

「どうされました？」

若い女性看護師が声をかけてくる。

「ちょっと転んでしまって――」

ハンカチを下ろして鼻を見せた。

看護師が気の毒そうな顔をする。

「あらぁ、腫れてますね。痛いですか?」

当たり前だ。不意の怪我じゃないから余計に痛い。

「ええ――」

「では、健康保険証をお願いします」

「すみません。転んだのはさっきのことで、健康保険証は今持っていないんですけど」

「では、今日は無保険での診察となりますね。後日、健康保険証を持ってきてくだされば保険適用分の診察代はお返ししますので」

「分かりました」

《好都合じゃないの。またこの病院にくる口実ができた》と堂安が言う。

それもこれも、こっちが痛い思いをしたからである。

初診票に名前と職業を記入した。無論、職業は公務員――。

ベンチに腰掛けて待つこと三十分余り、ようやく名前を呼ばれて奥のドアを開けた。

思わず、目の前にいる白衣の女性に目が釘付けとなる。ショートヘアーで小さな顔、知性の高さを物語る目、真っ直ぐに通った鼻筋、意志の強さを表すような艶のある唇。化粧をしているのは当然としても、これほど美しい女性を目の当たりにするのは初めてだった。彼女目当ての男性患者は引きも切らないだろう。この美貌の医師が犯罪に関わっている可能性があるとは――。

堂安は何も言わないが、彼女を見て何を感じただろう?

「舟木さんですね」

ハイトーンの声をかけられ、ようやく現実に立ち返った。

「あ、はい――」

「おかけください」

促され、柚木医師の前の丸椅子に腰掛けた。

「転んで顔を強打されたんですって？」

「そうなんです」

「メガネを外していただけます？」

「はい」

柚木医師がこっちの鼻を凝視し、「ちょっと失礼します」と言って手を伸ばしてきた。パーツモデルができそうなほど綺麗な指だ。その指が鼻にそっと触れる。

「少し我慢してくださいね」

柚木医師が指に力を加えたようで、鼻に痛みが走った。

「痛いですか？」

「ええ――」

「折れているかもしれませんからレントゲンを撮りましょうね」柚木医師が、傍らにいる中年の女性看護師に目を向けた。「三方向から撮ってください」

看護師に連れられてレントゲン室に移動し、撮影を終えてまた診察室に戻った。

すでに画像がＰＣに転送されており、柚木医師がそれを見ている。

「大丈夫です、折れていません。額の骨にも異常はありませんね」

ホッとした。本当に折れていたら目も当てられない。

柚木医師が、改めてこっちの顔を見た。

「額は軽い擦過傷ですから塗り薬を出しておきます。鼻には湿布薬を」

「ありがとうございました」

「傷の経過を診たいので、数日したらもう一度きていただけますか？」

「はい」

何度でもきたい。

「お大事に」

柚木医師が微笑む。

それにしても、心がとろけそうな微笑ではないか。この微笑が見られるなら、もっと大きな怪我をしてもいいとさえ思えてくる。

支払いを終えてクリニックを出ると、《恐ろしいほどの美人だったわね》と堂安が言った。

「ええ。彼女が犯罪に手を染めているとは考えたくないです」

《人間、一皮剝けば誰も同じよ。美人だろうとブスだろうと、罪を犯す時は犯す。それより浅田のこと。柚木医師が非常勤として働いている城北医大で末期癌宣告され、何故か治療を受けぬままこのクリニックで死亡診断された。間違いなく、浅田は柚木医師と接触して何かの密約を交わしたんだわ。

だから延命治療を受けなかった》
「密約？」
《一つは死亡診断書の捏造》
「だとしても、それは浅田側の利益でしょう。自分を死んだことにできるんですから、あとは何でも好きなことができます。死人を裁く法なんてありませんからね。では、柚木医師にとっての利益って？無償で浅田に協力するはずはありませんよ」
《そこが問題。浅田と手を組まざるを得なかった理由、あるいは浅田と手を組むことによって生じる利益があったと見るべきだけど、それって何かな？　とりあえず、柚木医師のデータを集めてみましょう。家族関係も全てね》
「はい」
道を隔てた正面にある調剤薬局に足を向けた。

※

柚木医師のデータが揃ったのは、三日後の十一月二十二日の夕方だった。

名前は柚木瞳（ひとみ）。年齢は三十一歳。城北医科大学を卒業し、同医大病院で二年間、研修医として勤務。その後、一般外科で四年間勤務し、以後は非常勤医師として同科に在籍中。

家族は弟が一人だけ。母親は十三年前、父親は一昨年他界している。弟は九州大学医学部在籍で現住所は博多だ。
時期を鑑(かんが)みると、柚木医師は父親のクリニックを継ぐ決断をして城北医大を非常勤にしたということか——。
そこへ、イヤホンから《柚木医師のデータは打ち込んだの?》という声が聞こえた。
「はい」と答えてディスプレイを切り替える。
《そのデータ、私のPCに送って》
作業を終えると、すぐに《届いた》の声があった。
「堂安さん。ちょっと思ったんですけど、発言してもいいですか?」
《手短にね。どうせ下らないこととは思うけど》
本当に一言多い。
「浅田と柚木医師の接点は城北医大病院でしょう。だとすると、アリバイ証言した女性達も何らかの形で城北医大病院と関わりがあるとは考えられませんか?」
《へぇ~。あなたでも、まともな推理を思いつくことがあるのね。そう、私もそのことを考えていたところよ。もう一度、城北医大病院に行かなきゃね》
「はい。それはそうと、大阪の方の捜査はどうなっているんでしょうか?」
《思想犯の線で進んでいるらしい。公安も出張ってきたそうだけど》
桑島の顔が浮かんだ。こっちが全く別方面の捜査をしていると知ったらどんな反応をするか。

第四章

十一月二十五日　午後――

城北医大病院の受付に足を運んで女性職員に警察手帳を提示した。

「こういう者ですが、ちょっと調べていただきたいことがありまして――」

「どのような？」

「この女性達なんですが」アリバイ証言をした三人の名前と年齢、住所を記したメモを職員に渡した。念のため、遠藤素子については前住所も添えてある。「彼女達がこの病院で診察を受けたかどうか調べていただけませんか？」

職員が頷き、「しばらくお待ちください」と言い残して奥に引っ込んだ。

ベンチに腰かけて十五分ほど待つと、さっきの職員が戻ってきた。

期待を込めて「どうでした？」と尋ねる。

「全員、受診歴がありました」

《よし！　これで一歩前進ね》と堂安が言う。

「これを――」

コピー用紙を一枚渡された。

米倉理沙は二〇一七年の一月から二月にかけて内科を三回受診している。遠藤素子は二〇一八年の五月に内科を二度受診。加藤涼子は二〇一七年の十月に内科を四回受診。

《全員が内科を受診か――。三人の病名と診察した医師の名前は？》

「彼女達を担当した先生はどなたでしょう？」

「こちらではそこまで分かりません。直接、医局でお尋ねになってください」

「分かりました」

職員に礼を言い、内科の医局に足を運んだ。

ノックしてドアを開けると、今日は白衣の男女が五人いた。栗原医師もいる。

すると、「ああ、あの時の刑事さん」と栗原医師が言った。

まず、彼女に頭を下げた。

「先生。お願いがありまして」

「何でしょう？」

「外でお話を」彼女を廊下に連れ出した。「このメモの三人ですけど、こちらで診察を受けていました。病名と、どなたが担当されたか分かりませんか？」

彼女がメモを受け取った。

「調べてみます。ちょっと待っていてください」

彼女が医局に戻り、ほどなくして答えが齎(もたら)された。

「田坂先生でした」

《田坂？　そういえば……》
　そうだ。あの時――。
「あの～、前回お話を伺った時、確か『田坂先生のことでまた見えられたのか思った』と仰っておられましたが、その田坂先生ですか？」
「ええ、そうですよ」
「ということは、以前、田坂先生のことで他の刑事が話を訊きにきたということですよね」
「はい、事件のことで――。田坂先生は亡くなられて、遺体が遺棄されていたんです」
《ちょっと、どういうこと？》
　それはこっちが訊きたい。一連の事件には田坂医師も絡んでいるということか？
《まさか、山瀬さんが田坂医師の事件を調べているんじゃないでしょうね》
　先日、この病院のロビーで会った眼光鋭い男の顔が像を結ぶ。
《山瀬さんがきたかどうか尋ねて》
「先生。田坂先生のことできた刑事ですけど、山瀬という者じゃないですか？」
　彼女が頷く。
《やっぱりか――。田坂医師のことは後よ、女性達の病名は？》
「話を戻します。三人の病名は？」
「米倉さんは胃潰瘍、遠藤さんは帯状疱疹、加藤さんは胃腸炎ですね」
　三人に会った時、誰もが元気そうだったから重い症状ではなかったようだが――。

「田坂先生は彼女達について何か話していませんでしたか？」

「いいえ。何も」

《三人の症状は完治したのかな？　完治したならカルテにそう書いてあるはずだけど》

「女性達のことですけど、病気は完治を？」

「カルテを見る限りでは、継続治療が必要だったと思われますけど」

《それなのに三人は数回の受診で治療をやめた。あるいは、病院を替えたか——。きっと、田坂医師との間でトラブルが発生したんだわ。念のため、今日も口止めしておいて》

「先生、どうもありがとうございした。それでですね、先生に調べていただいたことに関しては」

そこまで言ったところで、「他言無用でしょう。分かっています」と栗原医師が言ってくれた。

辞去して歩き出すや、《田坂医師の死体遺棄事件、大刑の一件と関連していそうね》と堂安が興奮気味に言った。

「田坂医師の事件、調べていいですか？」

《無論よ。どこまで調べが進んでいるか上に尋ねてみる》

第一分室に戻ると堂安からデータが届いていた。

フォルダ名は『荒川河川敷死体遺棄事件』。

上層部が堂安の話を聞き、山瀬班が集めた情報を提供してくれたようだ。

遺体が発見されたのは今年の七月二日、午前六時半頃。第一発見者は現場の近くに住む男性で、犬の散歩をしていて遺体を見つけたそうである。当初、遺体は女性と判断されたが、解剖で性転換手術を受けた男性と判明。後に歯型照合で田坂であることが確認されている。

尚も読み進めると眉根が寄った。田坂の人口膣から採取された複数の体液である。異なる男性のDNAが三つと、オス犬のDNAが一つ。

犬！　獣姦したってことか？

DNAから、犬種は雑種と断定されている。しかし、小型犬は人間とセックスするのはほぼ不可能。雑種でも大型犬ということになる。気分が悪くなりながらも続きを読む。

田坂が失踪したのは今年の三月下旬。性転換手術を受けた地域も病院も不明で、それ以前に、田坂が性同一性障害に悩んでいたかどうかも定かでないとある。田坂の家族や知人達の証言でも、いたって普通の男で女性の話もよくしていたという。カミングアウトできずに男を演じていただけか？　田坂のマンションを捜索したところ、冷蔵庫の中には食料品が詰まっていたそうで、服も下着も全て男物だったとのこと。性同一性障害なら、誰にも見られることがない自宅には女性の服や下着があってよさそうなものではないか？　そんな人物が性転換手術を受けたのは何故だ？

田坂のマンションにはＰＣがなかったともあるが、何者かによって持ち去られた可能性もある。となると、そのＰＣに田坂が失踪して性転換手術を受けた真相が隠されていそうな気がする。だが、田坂の知人でアリバイの怪しい人物はゼロ。城北医大病院での評判も悪くなかったとある。

田坂の顔写真を見た。細面で長髪、どこか中性的な雰囲気を醸し出している――。

堂安を呼び出し、データに目を通したことを伝えた。

《私も読んだけど、妙な事件ね》
「全くです。おまけに獣姦ですからね、気分が悪くなりましたよ」
するとドアがノックされ、堂安が《きたようね》と言った。
「誰ですか？」
《山瀬さんよ。田坂医師のことを上に話したら、山瀬班と合同捜査しろと指令が下ったの》
ということは、山瀬も桑島同様に班長というわけか。ドアに向かって「どうぞ」と声をかけた。
ドアが開いて山瀬が入ってきた。こっちの顔を見て「あ、あの時の」と言う。
自己紹介して支給されたスマホをスピーカーモードにし、デスクの上に置いた。
《山瀬さん。堂安です》
「在宅勤務になったと聞いていましたけど、まさか堂安さん達と組むことになるとは思いませんでした。よろしくお願いします」
《こちらこそ》
「それにしても、大刑の一件と田坂医師の事件がリンクしているなんて――」
《大刑の一件には元自衛官が関わっています》
「元自衛官⁉」
《ええ。舟木、大刑事件に関するレポート、山瀬さんに渡して》
「はい」

レポートを読み終えた山瀬が低く唸る。

「死亡診断書の偽造まで――」

《そうです、近藤は浅田に違いありません。では、田坂医師の一件の説明をお願いします。調書だけじゃ摑みきれなくて》

「はい。田坂医師の専門は内科で、家族は両親と弟。ご存じのように、勤務していたのは城北医大病院の内科です」

《医師ですし、裕福な家庭で育ったと考えていいんでしょうか？》

「そうとは言い切れないかと――。父親はサラリーマンで母親は小学校の教師、実家は小さな建売住宅です。それと、両親も弟も、田坂医師が性転換手術を受けていたことを知りませんでしたよ」

《疎遠だったということかしら？》

「いえ。同居はしていませんでしたが、田坂医師は度々実家に帰っていたそうです」

《だけど、田坂医師は豊胸手術もしていたんでしょう。度々実家に帰っていたのなら、家族が気付かないはずはありません。ということは、失踪後に性転換手術を受けたと考えてよさそうですね》

「私もそう思います」

《田坂医師の住まいは？》

「驚いたことに、中央区月島の高級マンションでした。賃貸ですが、月に四十万はするでしょう」

《大学病院の給料なんてたかが知れています。アルバイトでもしていたんでしょうか？》

「それに関しては摑めていません」

「山瀬さん」と舟木は言った。「田坂医師の部屋の冷蔵庫、食料品が詰め込まれたままだったらしいですね」
「そう。つまり、部屋に帰る気でいたから冷蔵庫の中の物を処分しなかったってことだな。それと、PCが見当たらなかった」
《やはり拉致され、PCまで奪われたのかしら？　そして女性の身体になって遺棄死体で発見された》
「堂安さん。田坂医師は拉致された可能性が高いですし、遺体が遺棄されてもいます。加えて、性に関する悩みも抱えていないようでした。我々は、彼が自分の意志で性転換手術を受けたのではないと考えています」
《強制手術？》
「はい。誰かに恨まれていたのではないでしょうか」
《でも、復讐のために性転換手術なんか施すでしょうか？》
「最近は変な奴が多いですよ」と舟木は言った。「それに、田坂医師の人口膣からは犬の体液も検出されていますし」
《そうだったわね。ということは——女の身体にしてレイプした？　そして犬にまで犯させた？》
「ええ。我々も同意見です」と山瀬が言う。
こんな形の復讐があるのか？　もしあるとしたら、田坂医師が買った恨みは尋常ではないようだ。
《田坂医師の事件で他に分かっていることは？》
「彼の知人が一人、行方不明になっています。しかも、失踪したのは田坂医師が失踪した日と同じです」

《偶然とは思えませんね。どんな人物です？》
「渋谷区のＮ医大病院に勤務していた放射線技師で、城北医大の出身でもあります。名前は粂村達也、三十二歳」
《彼かもね》
「何のことです？」
山瀬が眉を持ち上げる。
《浅田の代わりに火葬された人物です》
「そうか！　きっとそうに違いありませんよ。それと、粂村の部屋にもＰＣがありませんでした」
《田坂医師のケースと同じですね》
「あのぅ。火葬で思い出したんですけど」と言って堂安の返事を待った。
《言ってみなさい》
「浅田が近藤だとすると、浅田家の墓には浅田の遺骨がないことになりませんか？　近藤の遺体はまだ大阪府警にあるわけですから」
《だから？》
「浅田家の墓にある娘の直美の遺骨をＤＮＡ鑑定すれば――。親子関係があるかも分かりますよ」
《あんたは馬鹿？》
ムカッ！　いきなり馬鹿とはなんだ。
「今の技術じゃ、火葬された遺骨のＤＮＡ鑑定は不可能なんだ」

山瀬が笑いながら言う。
「え？　そうなんですか？」
《ＤＮＡは五〇〇度以上で焼失するから、一二〇〇度以上になる火葬炉の中で存在することはできない。覚えておきなさい》
「すみません」
《だけど——。遺骨じゃなくて、別の物なら決め手になるかもね》
「そうですね」と山瀬も同意する。
堂安の意図が分からず、山瀬とスマホを交互に見た。
「別の物って？」
《骨壺よ》
「どうして骨壺が決め手に？」
《浅田の火葬に立ち会ったのは妻の百合恵だけだと思う？》
「どうでしょうね？　たった一人っていうのは不自然な気もしますけど」
《そう、至極不自然。だったら、彼女は自分以外に誰を立ち会わせた？》
「まさか、武装犯達？　あるいはアリバイ証言した女性達かも」
《うん。連中が親戚や友人を装って火葬に立ち会ったとみるべきよ。それなら、連中の誰かが骨壺に触ったかもしれない》
「指紋ですね！　その指紋を連中の指紋と照合すれば」

《そういうこと》
「でも、百合恵の許可なく浅田家の墓は開けられませんよ。捜索令状を取るにしても、現時点で裁判所が認めてくれるでしょうか？」
《まず無理ね》
「ですよね。どうしたものか……」
《黙ってやるしかないでしょ。なにも骨壺を持ち帰るわけじゃない。その場で指紋採取したら墓に戻すんだから》
「無断で墓を開けると？」
《バレなきゃ平気》
そんな無茶な――。
「ところで、浅田の墓ってどこにあるんでしたっけ？」
山瀬が言う。
《それを突き止めるのが先決か》
「そうだ！」手を打った。「浅田の死亡診断書が出されてからひと月余りですよね。だったら、百合恵はもうすぐ四十九日法要をするはずですから、ひょっとすると納骨はその時にするんじゃないでしょうか。彼女を尾行して墓を突き止めれば」
《四十九日法要をしてくれればいいけどね》
「してくれるように願うしかありませんね」と山瀬が言った。

その後、法務局で浅田の死亡日を確認したところ、五日後が四十九日にあたることが分かった。
《ところで舟木、顔の傷の方はどう?》
「殆ど良くなりました。鼻はまだ痛いですけど」
《それなら柚木外科クリニックに行ってきて。柚木医師、しばらくしたら傷を見せて欲しいと言っていたから行かないと不自然だし》
「そうですね。保険証を提示して診察代も返してもらわないといけませんから」
診察券を見た。幸い、今日は午後の診察も行っている。

柚木外科クリニックに到着すると午後五時を回っていた。まず、受付で診察券と健康保険証を提示し、受診の順番を待つ。

十五分ほどして名前を呼ばれ、診察室に入った。だが、そこに柚木医師の姿はなく、エキゾチックな微笑を湛える白衣の女性がいた。セミロングの髪は栗色で、少し垂れ気味の目。厚めの唇が色香を放っている。年齢は三十歳前後といったところだが、柚木医師はどうしたのだろう?

「どうぞ、おかけください」

「はい——」丸椅子に腰掛ける。「あの～、柚木先生は?」

「今日は学会に出ています。柚木先生じゃなくてごめんなさいね」

彼女が悪戯っぽく笑う。

「そんなつもりで言ったんじゃないんです」顔の前で激しく手を振った。「すみません」

「いいんですよ。彼女目当ての患者さんが多いことは私も分かっていますから」

《代診の医師ね。私の主治医もちょくちょく学会や医師会の会合に出席するから、往診日を変更してくれと言ってくるわ。柚木医師もそれと同じでしょう。学会や医師会の度にクリニックを閉めてはいられないから、この先生に代診を依頼したんだと思う》

彼女がディスプレイのカルテとレントゲンを見る。

「打撲と擦過傷ですね。骨には異常なし――。ちょっと見せてください」

彼女の綺麗な指がこっちの鼻に触れ、続いて額に移る。

「まだおでこが赤いですねぇ。痛みは？」

「鼻は少し痛みが――。おでこはもう平気です」

彼女が微笑を返してくる。

「大丈夫ですね。もうこられなくてもいいですよ、お大事に」

「ありがとうございます」

前回支払った診察代を返金してもらい、桜田門に足を向けた。まだデータ整理が残っている。

午後八時ジャストに本庁舎の正面玄関を出ると、後ろから「舟木」と声をかけられた。

振り返った先には山瀬がいて、片手を上げて近づいてくる。

「帰りか？」

「はい」

「じゃあ、もう堂安さんの目はないな。酒は飲めるか」

「人並みには」

「一杯付き合え」

頷いて山瀬に続く。

連れて行かれたのは、新橋駅烏森口にある小綺麗な小料理屋だった。

カウンターの中にいる着物姿の女将（おかみ）が、「あら山瀬さん。いらっしゃい」と声をかける。

「座敷、空いてる？」

「空いてますよ、どうぞ」

座敷は三畳ほどの広さしかないが、イグサの香りがしてどこか落ち着く。

ほどなくして生ビールとお通しが運ばれ、二人はジョッキをぶつけ合った。

山瀬が一気にジョッキ半分ほど飲み、口の周りの泡を手で拭った。

「ところで、目黒署にいたんだって？」

「そうなんです。今月初めに、急に本庁勤務を命じられまして――」

「じゃあ、堂安さんのことはあまり知らないのか？」

「色素性乾皮症で現場を離れなければならなかったことと、管理官だったことぐらいで」

「堂安さんの病気のことだが、運命ってのは残酷だとつくづく思う。あの人が倒れたのは現場検証の最中だったそうだ。俺の同期が現場に居合わせていて、あれこれ教えてくれたよ」

「上層部は、在宅勤務をよく認めましたね」

「堂安さんほどの頭脳を失うのが痛かったからだろう。お前は知らないだろうけど、管理官の堂安といえば刑事部長も一目置く存在だった。信じられないような洞察力を発揮するからだそうだ」

だから、新入りを堂安の手足にする案が浮かんだのか。

「じゃあ、迷宮入り事件とは無縁なんでしょうね」

「うん、担当した事件を迷宮入りさせたことは一度もないって聞いたな。お前は運が良かったぞ」

「運――ですか？」

「ああ、四六時中、堂安さんの指導を受けられるじゃないか。罵倒されることもあるだろうが、その罵倒は、きっとお前の血や肉になる。だから、普通の刑事で終わったら恥だぞ。誰もが一目置く刑事になれ」

「肝に銘じます。ところで、大阪の捜査本部には田坂医師の一件は伝わっているんでしょうか？」

「いや。みすみすあっちに手柄をやることはないと、上層部が判断したらしい。そりゃあそうだ、嗅ぎつけたのは警視庁なんだから。まあ、多かれ少なかれ、後で恨み言の一つや二つは言ってくるだろうけどな」

「そういえば、桑島さんも大阪に行っていますが？」

「こっちに呼び戻すそうだ」

「じゃあ、桑島さんも合流を？」

「そういうこと。桑島さんとは話したか？」

「はい」

例の、情報横取り発表の一件を話すと、山瀬が大笑いした。

「相変わらず食えない人だ。こっちに戻っても余計なことをしなきゃいいが」

「大刑の事件と田坂医師の事件、どうリンクしているんでしょう？　死体遺棄と刑務所襲撃は全く異質の事件ですし」

「それをこれから解くんだよ。どんな答えが出るか楽しみだ」

※

十一月二十九日　午前——

舟木は警察車両の中から浅田百合恵のマンションを見張っていた。ここは神田川に架かる南小滝橋（みなみおたきはし）の袂にあり、堂安、山瀬と話した日からずっと監視を続けている。今日が浅田の四十九日で、百合恵の顔は運転免許証の写真で把握した。当然、今日はこっちも喪服で、墓参を演出する。しかし、彼女が四十九日法要をしてくれないと全て無駄骨に終わってしまう。

山瀬班のメンバー達は、武装犯の疑いがある佐々木、乃木、篠塚と柚木医師に張り付いており、桑島班はアリバイ証言をした女性三人に張り付いている。警戒しているからなのか、七人に動きはないそうだ。

助手席に置いたレジ袋に手を伸ばす。ここにくる前にコンビニに寄り、カレーパン三つとメロンパン三つ、それに缶コーヒー二本を調達してきたのである。まず、カレーパンを頬張る。

《あなた、ホントによく食べるわね。普通、カレーパンなんか三つも食べたら胸焼けするわよ》

堂安が呆れる。

「これは腹持ちがいいんですよ。張り込みの時はこれに限ります」

待つこと数時間、昼過ぎになって喪服姿の百合恵が出てきた。胸に抱いているのは明らかに骨箱だった。

「堂安さん。骨箱ですよ」

《納骨ね。張り込んだ甲斐があったじゃないの》

すぐにタクシーが現れて百合恵が乗り、こっちもエンジンをかけてタクシーを追った。

タクシーは青梅街道に入り、西に向かっている。

そのうち西東京市に入ったタクシーは、右折と左折を何度かして、妙興寺という寺の前で止まった。

百合恵がタクシーを降りて石段を上って行く。

《慎重に尾行してよ》

「分かってます」

車を降りて百合恵を追った。

石段を三十段上り終えると、百合恵の背中が右手に見えた。本堂横の庫裏(くり)に向かっている。

《住職に会う気ね》

「そのようです」

百合恵が庫裏の玄関前で立ち止まり、インターホンを押した。

離れているから声は聞こえなかったが、すぐに僧衣を纏った坊主頭の壮年男性が出てきた。百合恵が中に入って行く。

それから三十分ほどで、百合恵がさっきの僧侶と作務衣(さむえ)姿の若い男と共に出てきた。作務衣姿の男も坊主頭だ。手桶と花束を持っている。

《今時、寺男なんていないから、住職とその息子のようね》

三人が本堂の裏に回り、こっちも後を追った。

本堂の裏は墓地になっており、三人が墓石の間を縫うようにして奥に進んで行く。間もなくして小さな墓の前で立ち止まった。

《あそこね》と堂安が言う。

適当な墓の前で足を止めた。ジャケットのポケットから線香の束を出し、火を点けてその墓に供える。無縁の墓の前で手を合わせ、少し先にいる百合恵達を横目で見た。

そのうち読経が聞こえてきて、作務衣姿の男が納骨の準備を始めた。墓石の前部を動かして納骨スペースに入って行く。百合恵はというと作業をじっと見守っていたが、男に指示されたのか、しゃがんで骨壺を差し出した。

男は骨壺を納めると外に出て、墓石を元に戻し合掌した。

読経が響く中、百合恵が墓石に水をかけて花を手向(たむ)ける。

そんなこんなで納骨が終わり、三人がこっちの後ろを通って本堂の方に歩いて行った。

「やっと終わりましたね」

《浅田の墓に行って》
立ち上がって移動し、線香の煙を立ち上らせている『浅田家之墓』と彫られた墓石の前で止まった。
《まだ新しそう》
「ええ――」
墓誌を見ると、浅田直美と浅田保の名が彫られていた。
《浅田は長男じゃないようね》
「そうみたいですね」長男なら本家の墓に入るはずだから、墓誌にはもっと多くの人の名前が刻まれているはずだ。「どうします？　住職に事情を話して骨壺を見せてもらいますか？」
《令状もないのにそんなことできるわけないでしょ。夜を待つの》
「やっぱり黙って行動ですか……。でも、夜中にやるんでしょ。ここが墓場だって分かってます？」
幽霊でも出た日にゃ目も当てられない。その手の話には弱いから腰を抜かすかもしれない。
《あら、怖いの？》
「怖くありませんけど気味が悪いじゃないですか――」
《同じことじゃないの。夜中に墓場で作業するぐらいで情けない》
強がってみせる。
「普通の作業じゃないんですよ。墓を開けるんですよ」
《つべこべ言わず、夜中まで待機してなさい。それまで自由時間だから、食事するなりカノジョに電話するなり好きにして。私は少し寝る》

嫌だと言ったところで許してくれるはずもない。こうなったら墓荒らしでも何でもやってやる！
「懐中電灯を買ってきます」
《そんな物を使ったら目立つでしょ、場所は墓場なのよ。ペンライトにして。それも光度の低いやつね》
「はい――。ところで、今日の月齢は？」
《何の関係があるの？》
「闇夜なら堂安さんもきてくれないかなぁ――なんて思って。紫外線もありませんし」
《誰が行くか》

やがて日がとっぷりと暮れ、嫌々ながら車を降りた。

背筋に悪寒を感じつつ、気が進まない中で石段を上る。自分の心臓の鼓動が聞こえてきそうなほど静かだ。

境内には街灯があるから歩くには問題なかった。住職達は眠ったようで、本堂も庫裏も明かりが灯っていない。

抜き足差し足で本堂裏に回ると、そこは完全に闇の世界と化していた。気味が悪くて足が前に進まない。

《何やってんの。早く行きなさい》

「行きますよ、行きゃあいいんでしょ」

ごくりと唾を飲み、ペンライトを点けた。申しわけ程度の弱々しい光で足元を照らし、恐怖心に抗(あらが)って歩を進める。
《ねぇ！　あれは何？》
「え？　どこです？」
目を凝らして闇を見据える。
《今、白いものが横切ったでしょ？》
そんなもの見えなかった。だが、ここは墓場だ——。
「え？　え？」
自分でも声が震えているのが分かったが、次の瞬間、イヤホンから大きな笑い声が聞こえてきた。
《嘘よ。ちょっとからかっただけ》
首絞めたろか！
「今度やったら帰りますからね！」
《悪かった。さあ、早く行って》
そろりそろりと歩くうちに、浅田家の墓に着いた。念仏を唱えて「罰(ばち)があたりませんように」と独りごち、ペンライトを口に咥えて両手で墓石の前部を動かす。
納骨スペースには、確かに大小二つの骨壺があった。
《手早く済ませて》
他人事だと思って軽く言ってくれる。
中に降りて手袋を嵌め、大きい方の骨壺に指紋採取用の粘着テープを貼っていった。

作業は五分もかからずに終了し、「くわばらくわばら」と唱えながら外に出る。

《ご苦労様》

墓石を元に戻し、抜き足差し足で墓地を出る。そして境内を横切ると、一気に石段を駆け下りた。

「終わった……」

まだ背中に悪寒が残っている。まさか、墓場から悪い霊でも連れてきてしまったか？　一目散に車に戻り、昼間に近所のスーパーで買った塩をレジ袋から出した。袋を破って塩をひと握り掴み、頭から振りかける。ついでに、スーパーの仏具コーナーで買った般若心経の経本を開き、読み上げた。

《そんなことしても無駄よ、もうあなたは取り憑かれてるから。悪霊祓の祈禱師、探しといてあげる》

堂安が大声で笑う。

「祟られたら恨みますからね！」

《好きにしなさい。それより鑑識に行って》

「はい」

車に乗ると頭痛がしてきた。まさか、本当に祟られたか？

※

十一月三十日――
夜の帳が下りようとする中、山手通りで車を停めた舟木は助手席にパトライトを置いて外に出た。

すぐそこに雑貨店コスモスが見える。これから米倉理沙に会うのだが、事情聴取が目的ではない。彼女の指紋を手に入れるのだ。

山瀬班と桑島班もターゲット達に会っている頃だろう。浅田百合恵の指紋は改めて取る必要はない。骨壺に付着しているはずだからだ。問題は柚木医師である。事件の核心部にいることは間違いなさそうだから、接触は避けようということになった。では、どうやって指紋を取るか。彼女の尾行を続けて外食する機会を窺うのである。外食すれば当然、食器に触れる。

コスモスの前まで行くと、米倉理沙が外に並べた商品を片付けているところだった。今日はインディゴのジーンズに白いセーターといった出で立ちだ。彼女の背中に向かって「こんばんは」と声をかけた。

振り向いた米倉理沙が、僅かに眉を持ち上げた。

「刑事さん——」

慌てた様子は微塵もない。再び刑事がくることは織り込み済みか。

「閉店ですか？」

実はこの時間を狙ってきたのだった。彼女は一人で店を切り盛りしているから営業時間内は外に連れ出せない。

「はい」

「少しお話を」

「何でしょう？」

「立ち話もなんですから、隣の喫茶店でお待ちしています。お手間は取らせませんので」

彼女が頷くのを確認して踵を返した。

喫茶店に入って窓際の席に陣取る。

やがてコーヒーカップが空になったが、米倉理沙はまだ現れない。仲間達と情報をやり取りしているのか?

それから少しして、やっと米倉理沙が現れた。

「遅くなってすみません。商品発注のことで急に電話があったものですから」

「いいえ。そちらのご都合も考えずに押しかけたのはこっちですから。どうぞ」

「失礼します」

実に礼儀正しい女性だと思う。

彼女が正面に座ると、ウエイトレスが水とおしぼりを持ってきた。

「ホットコーヒーを」と米倉理沙が言う。

ウエイトレスが去り、改めて米倉理沙を見つめた。

「先日もお話を伺いましたが、もう一度、佐々木和義さんについてお話しください」

無論、口実だ。

米倉理沙が頷き、水のグラスに口をつけた。テーブルに戻されたグラスには、赤い口紅がはっきりと残っている。間違いなく唾液も付着しているから、彼女が去ったら確保だ。これで目的は達したことになるが、もう結構ですとはいかない。

「十一月十日、佐々木さんは一人でこられました？」

「はい」

「どんな格好をしていました？」

「どうだったかしら？」彼女が視線を落とす。「すみません。思い出せません」

「佐々木さんが買われたのは灰皿だけ？」

「そうですよ」

「会話とかされました？」

「特にこれといって――。あのぅ」

「何でしょう？」

「あのお客さん、どんな事件に関わっているんですか？」

探りを入れてきたか？

「捜査に関することにはお答えできません。ご理解ください」

「は――い……」

そこへ、コーヒーが運ばれてきた。

それからも適当に質問を並べ立てるうち、彼女が腕時計を見た。

「まだ長くかかりますか？」

「いえ、もう結構です。ご協力、感謝します」

立ち上がり、深々と頭を下げた。

米倉理沙が店を出るやウエイトレスがコーヒーカップを下げにきたが、その手を遮った。

「すみません。私、こういう者です」

警察手帳を見せると、ウエイトレスが目を瞬かせた。

「そのグラスとコーヒーカップを譲っていただけませんか」

ウエイトレスがカウンターに行って中の男性と言葉を交わした。この店のマスターだろうか？

ウエイトレスはすぐに戻ってきた。

「すみません。グラスは差し上げるそうですけど、コーヒーカップは特注品だそうで、返していただけるならお貸しすると」

「必ずお返しします」

それからショルダーバッグを開け、ジップ付きのビニール袋を出してグラスとコーヒーカップを回収した。骨壺の指紋と一致することを願うばかりだ。

※

十二月五日――
舟木は今日も浅田百合恵に張り付いていた。もうすぐ昼だが彼女に動きはない。浅田百合恵も柚木医師も、例の六人も普段どおりに過ごしているという。それより、ここ五日というものどうにも落ち着かない。柚木医師以外の六人の指紋は手に入れたものの、未だに鑑識からの連絡がないのだ。ドラマでは簡単に指紋照合の結果が出るが、実はそんな生易しい作業ではない。指紋の線一本一本を確認し、角度を変えてまた一本一本確認するという気が遠くなるような作業なのである。しかも、今回は六人分の指紋を持ち込んでいる。

鳴きっぱなしの腹の虫を聞き続けるうち、《指紋照合の結果が出たわよ》と堂安が言った。

「どうでした？」

《空振り》

途端に力が抜ける。

《骨壺に付着していた指紋は二人分だけ。恐らく浅田百合恵と、納骨の時にいた作務衣の男性のものでしょう》

あの時、作務衣の男性が百合恵から骨壺を受け取っていた。

「指紋照合されてもいいように、百合恵以外は骨壺に触れなかったんでしょうね」

《すこぶる用心深くて頭の切れる司令塔がいるようね》

「だけど参りましたね、手詰まりになっちゃいましたよ。何か突破口はないものでしょうか？」

《なくはない。山瀬さんの話を鑑みてあれこれ推理したんだけど、一つの結論に辿り着いた》

どんな結論だ？

堂安が推理を語り出した。

《田坂医師と三女性の接点について考えてみて。接触したのは城北医大病院の内科で間違いないと思うけど、三女性は何故か治療の途中で受診をやめた。それはどうしてか？　田坂医師との接触を嫌っ

たからじゃないかしら？》
「トラブルがあったということですか？」
《しかも、憎悪の二文字が浮かぶほどの――》
「三女性は田坂医師に何かされた？」
《うん。そして田坂医師は性転換させられた挙句に犬にまでレイプされた。田坂医師に憎悪を抱く三女性が、田坂医師を自分達と同じ目に遭わせようと考えたとしたら？》
「レイプ？　彼女達は田坂医師にレイプされた！」
《放射線技師の粂村もレイプに加わったと思う。ねぇ、もう一つ奇妙なことがあるのに気付かない？》
「急に言われても――」
《三女性が全く同じタイプだってことよ。田坂医師と粂村の好みかもしれないわね。それに全員が独身。未婚女性が増えているとはいっても、目を引く女性達なんだから一人ぐらいは結婚していてもいいはずじゃないかな？》
「結婚できない理由があるってことですね」
《ある。粂村の住まいのことは分からないけど、田坂医師は家賃四十万円はするマンション暮らしだった。実家が普通の家庭で安月給の大学病院勤務の医師が、どうしてそんな高級マンションに住めた？大きな副収入があったからじゃないの？》
「まさか、強請（ゆすり）？　三女性が田坂医師と粂村に金を貢がされていた？」
《そんな状況に置かれたら結婚なんかできないわよね。いいえ、恋人だって作れない》

「ということは、強請のネタはレイプ映像ですか？」
《私はそう推理している。その映像があるから三女性は結婚もままならなかった。目には目をじゃないかしら？　レイプされるということがどれほどの屈辱かを、三女性は女の身体になった田坂に叩き込んだ。女はある面、男よりも遥かに残酷よ。西太后然り、エリザベス一世然り。加えて同じ被害に遭った者達が大勢集まれば、集団心理で残酷度は更にエスカレートする。そして誰かが『獣姦』を思いついた。どうせなら徹底的に辱めてやろうと》
「今、大勢集まったらと仰いましたよね。では他にも、田坂達にレイプされて強請られていた女性が？」
《いたはずよ。他でもない、田坂を手術した医師》
「柚木医師ですか――」あの美しい顔が像を結ぶ。「浅田の死亡診断書も偽造していますからね」
《うん。個人クリニックで自宅も隣接しているから、誰にも知られず田坂を手術して、術後は自宅で監禁もできたでしょう。三女性がアリバイ証言をしたのも、柚木医師と組んでいるからと考えれば辻褄が合う》
「でも、三女性と柚木医師の接点は？」
《それはまだ分からないけど、きっと互いの利害が一致したから手を組んだ。最初から考えてみましょう。浅田は城北医大病院で抗癌剤と放射線の治療を受けることになっていたけど、何故か治療を受けず、約一年後、柚木外科クリニックで死亡診断を受けた。一方、失踪した田坂が何故か女性の身体で遺体となって発見された。その後、大刑の事件が勃発し、浅田は自爆して武装グループ三人が逃走。そして武装グループではないかと思われる犯罪被害者遺族三人のアリバイを、田坂の診察を受けた三女性が証言した。田坂が失踪した経緯だけど、何の前触れもなく消えたんでしょ？　拉致されたことは明らかだけど手際が見事過ぎるわ》
「その筋のプロの仕業？」
《自衛隊員なら格闘のプロでもあるし、道で田坂に声をかけ、一瞬で気絶させることもできたと思う。病に侵された身体でもね》
「浅田の仕業ですか――」
《浅田もまた、柚木医師と利害が一致したのよ。栗原先生の話を思い出してみて。彼女は柚木医師に、浅田が自衛隊員であることと、娘を殺された犯罪被害者遺族であることを教えた》
「柚木医師が浅田の身の上と職業を知り、接触を図ったということですね」
《うん。そして死亡診断書の偽造と、娘を殺した犯人が収監されている大刑の襲撃方法を条件にして田坂の拉致を依頼した。浅田が手を貸せば女性達は田坂の事件で捜査線上に浮上することはないし、浅田は田坂を拉致した見返りに死亡診断書を受け取って娘の仇も討てる。戸籍上の死人になってしまえばあとは何をしても追及されないし、残した妻に捜査の手が及ぶこともない。そればかりか、目的を達して本当に死ねば、仲間も守れるし自分のやったことの真相も永遠に闇の中》
「なるほど」
すると堂安が、《ちょっと待って――》と言った。《肝心なことを忘れていた》
「何です？」
《麻酔医よ。性転換手術なら局所麻酔っていうわけにはいかないから、全身麻酔をかける麻酔医が必要になる。ブラック・ジャックみたいな天才外科医なら全身麻酔までこなしてしまうかもしれないけど、普通の外科医にそれは無理》
「その麻酔医も仲間なんでしょうか？」
《間違いないわ。通常、性転換手術は大きな病院でするもので、個人のクリニックでやるような手術じゃない。麻酔医だってそんなことぐらい重々承知でしょう。にもかかわらず手術を手伝ったということは、その麻酔医も仲間だと見ていい》
「ってことは、その麻酔医も女性で、他の女性達と同じ心の傷を持っている？」
《でしょうね。柚木医師も浅田百合恵も例の六人も、自分達が大刑の一件で内偵を受けていることは感づいているかもしれないけど、こっちが田坂の一件と大刑の事件の関連を掴んだことまでは知らないはず。それに、こっちはその麻酔医にも一切接触していない。だから麻酔医は油断しているに違いないわ》
「ですが、どうやって麻酔医を突き止めます？」
《もう一度、城北医大病院に出向いてみましょうか。あの病院が全ての事件の発火点だし――。三女性、いえ、柚木医師を入れたら四女性か。彼女達の共通点は若くて美人でショートヘアー。麻酔医も田坂と粂村の毒牙にかかっているとすると、きっと四女性と同じタイプだと思う。そうそう、山瀬さんが言っていたわね。田坂の家にも粂村の家にもＰＣがなかったと》
「レイプ映像が保存されていた？」
《そうとしか考えられない。持ち去ったのは柚木医師よ。拉致した二人から部屋の鍵を奪い、ＰＣの中のデータを覗いて自分と同じ目に遭っている女性達の存在を知った。データには女性達の住所と連絡先も記録されていたんじゃないかしら？　そして仲間に引き入れるために連絡を取った》
「あり得ますね」

外来の診察が終わったからなのか、城北医大病院のロビーは静かだった。受付に足を運んで栗原医師を呼んでもらい、ベンチに腰掛けて待った。

ほどなくして彼女が現れた。

「先生。お呼び立てして申しわけありません」

「今日は何ですか？」

「この病院に、若くて飛び切り綺麗な女性の麻酔医っていらっしゃいます？」

「は？」

彼女が顔をしかめる。どうやら興味本位で尋ねていると勘違いしているらしい。慌てて「誤解しないでくださいね。あくまでも捜査に関することですから」と付け足した。

しばらく考えていた彼女だったが、腰に手を当てると「残念ながらおりません。以前は一人いらしたんですけどね」と言った。

いた？

「辞められたってことですか？」

「麻酔医は慢性的に不足していて引く手数多なんですよ」

「つまり引き抜き」

「そうです。三年前に」

《名前と、どこの病院に移ったか訊いて》

「その先生のお名前は？　どんな字を書きます？　今はどちらに？」

「室谷麻琴(むろやまこと)さん。室蘭の室に谷、麻酔の麻に和楽器の琴だったと思います。今は足立区の恵生記念病院にいると思いますよ。新たに引き抜かれていなければね。ご用件はそれだけ？」

「はい」

「刑事さん。何を調べていらっしゃるの？　今度は麻酔医のことまで訊きにこられるし」

「すみません。捜査機密なもので——」

「そうですか」

彼女が、溜息を一つ残して踵を返した。

《室谷医師が移った病院に行って、彼女を引き抜いた経緯について尋ねて》

「只の引き抜きじゃないんですか？」

《それならそれでいいけど、その引き抜きに柚木医師や田坂が絡んでいることもあり得るでしょ？それなら新たな事実が浮かび上がってくるかもしれない》

「了解。向かいます」

車を走らせていると、千住管内に入ったところで《室谷医師の顔、分かったわよ》と堂安が言った。

「運転免許証ですか？」
《そう。事務方にデータを伝えて調べてもらったところ、同姓同名の人物が関東圏に六人いて、そのうちの二人が東京在住。それでその二人の厚生年金記録を調べてもらったら、一人が恵生記念病院勤務だと分かった。そこから運転免許証を割り出した》
「継続して勤務してるってことですね。やはり美人ですか？」
《飛び切りのね。タイプは違うけど柚木医師といい勝負よ。携帯に写真データを送る》
すぐに着信があり、車を路肩に停めてフォルダーを開けた。目を見張るような美人が写っている。ショートボブで色白、タレントになっても十分やっていけそうだ。

恵生記念病院の受付に足を運んで麻酔科の責任者に面会したい旨を伝えると、あいにく、現在手術中だという。

手術が終わるまで時間を潰すことにした。名刺を渡す。

「手術が終わったら、ここに電話して欲しいと伝えてください」

病院を出て五分ほどうろつくとコーヒー専門店があり、そこに入ってホットコーヒーを注文した。それから二時間、三杯目のコーヒーのお代わりをしようとしたところで麻酔科の主任医師から電話があった。手術が終わったようだ。

「ああ、どうも。病院にお邪魔したんですけど手術中ということでしたので――」

《どういったご用件でしょう？》

「室谷先生のことでお話が――。お時間は取らせませんので」

《いいですよ》

「ありがとうございます。これからお伺いしても？　五分で行けるんですが」

《どうぞ。ロビーにいます》

「それとこのこと、室谷先生には内密に願えませんか」

ややあって、《分かりました》の声があった。

ロビーに行くと、白衣の男性がベンチでスマホを弄っていた。四十代半ばといったところか。視線に気づいたようで、男性がこっちを見る。

警察手帳を提示した。

「お手数をおかけします」

「室谷先生がどうかしましたか？」

「彼女が恵生記念病院に移られた経緯を教えていただけないでしょうか？」

「城北医大病院から引き抜いたんですよ。医大の同期会の時に、『麻酔医が不足して困っている』と城北医大病院勤務の同期に愚痴ったんです。そうしたら数日後、その同期から電話があって、『それなりの紹介料を支払ってくれるなら腕の良い麻酔医を紹介する』と――」

「そして紹介されたのが室谷医師ですか」

「そうです。引き抜きは医学界ではよくあることですし、仲介者に謝礼を支払うのも当たり前のことでね。それでその話を院長に伝えたところ、二つ返事で承諾を」

「彼女を紹介したのはどなたです?」

「刑事さんなら知ってるでしょう?　今年の七月だったかな、荒川の河川敷に遺棄されていた遺体」

「田坂さんですね」

「ええ」

《やっぱり田坂が絡んでいたのね。もういいわよ》

車に戻った。
「堂安さん。室谷医師は田坂の依頼、あるいは田坂の命令で病院を移ったということでしょうね」
《間違いなく後者ね。強請られている方からすれば断れるわけがない》
「酷い男ですね」
《だから復讐されたのよ。あっ、山瀬さんから電話だ》
車を発進させてしばらくすると、《予期せぬ展開になった》と堂安が言った。
「何か動きが?」
《加藤涼子が死んだわ》
「死んだ!」どうして?「死因は?」
《窒息死。誤嚥だそうで、死亡推定時刻は昨日の午後十時頃》
「誤って食物を喉に詰まらせた?」
《事故ならね》

「殺しの可能性も？」

《事情聴取した直後にタイミングよく死ぬ？　しかも、誤嚥という滅多にない死に方で》

「でも、誤嚥という診断なら、死因に不審な点はなかったことになりますよ。それに、容疑者全員に監視がついていたでしょう？」

《室谷医師のアリバイは確かめていない》

「そうでした！」

《さっきの医師に電話して、昨日の室谷医師の勤務時間を訊き出して》

早速電話で用件を伝えると、室谷医師は昨日、午前中に一つ手術を受け持ち、それが終わってすぐ緊急手術にも駆り出されたという。その手術は午後一時過ぎから今日の午前二時前までかかったそうである。室谷医師のアリバイは完璧だ。そのことを堂安に伝えた。

《室谷医師にもアリバイが――。何かのトリックが介在するのか、他にも仲間がいるのか。いずれにしても、連中にとって加藤涼子が邪魔になったことは確かね》

「仲間なのに――。加藤涼子に張り付いていたのは？」

《桑島さんだって。あの人のことだから、先走ったことをしたんじゃないでしょうね》

あの男ならやりかねない。

「加藤涼子はどういった状況で発見されたんでしょうか？」

《見つけたのは母親よ。桑島さんが加藤涼子のマンション前で張っていると救急車がきて、救急隊員二人がマンションに駆け込んで行ったらしい。それでもしやと思って救急車に残っている隊員に被搬送者の名前を尋ねたところ、加藤涼子と教えられたそうよ。それから桑島さんも搬送先の病院に同行して医師と母親から話を訊いた。加藤涼子は今日、朝から実家にくることになっていたらしいんだけど、昼になってもこず、電話にも出ないもんだから母親が心配してマンションに行ったんだって。そうしたらベッドで息絶えていたそうで――。アルコールの臭いがかなりして、口の周りと枕には嘔吐した跡があったらしいわ。それで医師が誤嚥を疑い、外傷がないこととチアノーゼ反応、血中の酸素濃度の低さとアルコール濃度が高かったことから誤嚥による窒息死と断定した》

「それで遺体は？」

《解剖に回すよう指示した。きっと何かある》

加藤涼子の解剖が終わったのは午後八時過ぎだった。体内外に他殺を疑わせる痕跡は皆無で、血液からも細胞からも薬物は検出されなかった。気管内と肺には嘔吐物が入り込んでおり、彼女を診た医師が誤嚥と断定したのも当然だろう。死亡推定時刻のマンションの防犯カメラ映像もチェックされたが、写っている人物はゼロ。とはいえ、死亡推定時刻より前に加藤涼子の部屋に行き、彼女を殺してから時間調整して部屋を出れば犯行は可能だと堂安は言う。しかし、外傷も薬物反応もなし。他殺だとすれば、どうやって加藤涼子を殺したというのだろう？

その後、張り込みをしている捜査員達から次々と連絡があった。その結果、監視対象者全員が、加藤涼子の死亡推定時刻のアリバイを持っていることが判明した。その時間、浅田百合恵は自宅を出てコンビニに行ったことが目撃されているし、柚木医師も午後九時過ぎに自宅を出て近所のファミレスに行き、帰宅は午後十時頃だったという。他の監視対象者も似たようなもので、知人と会っていたりパチンコをしていたり、スナックで飲んでいたり等々だ。つまり、犯人が時間調整して加藤涼子の部屋を出たという堂安の仮説は崩れたことになる。

「堂安さん。全員にアリバイがありますけど」

《きっと仕掛けがあるのよ。犯人の可能性が一番高いのは柚木医師、誤嚥に見せかけるには医学の知識が必要なはずだもの。彼女は監視の目を誤魔化して加藤涼子の部屋に行き、誤嚥のトリックをしかけて帰宅。そして死亡推定時刻に、わざと監視の目に触れるようファミレスに行った》

「そんなことできるんでしょうか？　加藤涼子の身体に外傷はありませんし、体内からも薬物は検出されていないんですよ」

《できるのよ、きっと。それに、柚木医師に張り付いているのは一人だから、あの大きな自宅の裏口までは目が届かない。その気になれば簡単に抜け出せるわ。こうなったら柚木医師を丸裸にしてやる。過去も含めて全て。明日、城北医大に行って柚木医師に関するデータを手に入れて》

※

十二月六日――

小雪の降る中、舟木は城北医大に足を運んだ。事務局で身分を告げて柚木医師に関するデータの提出を求めたところ、彼女が首席で入学して首席で卒業したことが判明。医師なのだから頭脳明晰なことは間違いないが、入学も卒業も首席だったということは桁外れの才女ということになる。おまけにあの美貌。天は二物も三物も彼女に与えたようだ。

同級生名簿も閲覧し、彼らからも話を訊くべく名簿のコピーを依頼した。現在もこの医大に七名が残っており、まずは彼らから話を訊く。

《名簿のデータをこっちに送って。山瀬さん達と情報共有する》

「桑島さんは？」

《放っておきなさい》

「そんなことしたら後で何を言われるか――」

《無視すりゃいいでしょ》

簡単に言わないで欲しい――。

それから夕方までかかって七名に話を聞いたところ、全員が口を揃えて『彼女はスーパーウーマンだ』と証言した。勉強ばかりでなくスポーツも得意で、高校時代はバタフライでインターハイにも出たという。それだけでなく、彼女の人となりを悪く言う証言もゼロ。

城北医大での訊き込みを終えると山瀬から電話があった。柚木医師の高校時代について調べていると聞いたが、直接電話してくるとは珍しい。

「舟木です」

《堂安さんに電話したが出なくてな。それでお前に電話した》

そういうことか。

《何か摑めたか？》
「これといって留意するような証言はありません」
そう前置きして、七人の証言を伝えた。
《非の打ち所のない女性か――。俺が得た情報と同じだな。だけど、気になる証言が一つあった。部下が仕入れたんだが、中央区総合病院にいる柚木医師の同期から話を訊いたらしい。柚木医師は医大時代、ダイビングサークルに所属していたそうなんだが、合宿の時にそのサークルのメンバー二人が死んでいる。場所は静岡県下田、城北医大の宿泊施設だ》
「ダイビング中の事故ってことですか？」
《違う。いずれも誤嚥による窒息死だったらしい》
「誤嚥！　加藤涼子の死因と同じじゃないですか！」
思わず声が大きくなる。
《そうだ、しかも二年続けて起こった。一人目は柚木医師が五年生の時、二人目は六年生の時。前者は一年先輩の男性、後者は一年後輩の女性だ》
「誤嚥に至った状況は？」
《夕食の時の飲酒が原因ってことだが――。男性は酒好きだったそうで、その夜はかなり飲んで泥酔したらしい。女性の方も全く同じ状況だったそうだ》
「同じシチュエーションで死んでいた――」
そして加藤涼子も誤嚥で死んだ。怪しいを通り越している。

《だけど、死因に不審な点は一切なかったらしい。男性が死んだ時は、女性メンバーの悲鳴でサークルの全員が男性の部屋に駆けつけたそうで、不慮の事故による窒息死だと結論を下した。外傷がゼロの上にチアノーゼ反応まであって、その後の病理検査でも薬物反応はナシ。その場にいた全員が医師の卵だから、診断は正しかったとしか思えないんだけどな。女性の時も全く同じだったという。今の話、堂安さんに伝えておいてくれ》

「承知しました。ご苦労様でした」

車に戻ると堂安の声が聞こえてきた。

《ちょっと席を外していた。変わったことはなかった？》

「山瀬さんから連絡が」

誤嚥で死んだとされる二人について伝えると、鼓膜が破れそうな大声が返ってきた。

《誤嚥ですって！》

「そうなんですよ」

続けて山瀬の話を詳細に伝える。

《同じ場所で、しかも二年続けて誤嚥による窒息死が起こるかしら？》

「殺し――ですよね。柚木医師もいましたし」

《そう考えるのが自然ね。だけど、どうして同じ場所だったのかしら？　死に方も同じとなれば殺人を疑われるリスクが高まるというのに……》

「殺すのに好都合なことでもあるんじゃないですか？」

《うん。柚木医師の尻尾を摑めるかもしれないわね。明日、二人が死んだ下田の宿泊施設に行って》

第五章

十二月七日――

舟木が伊豆急下田駅を出たのは午後一時過ぎだった。ここからはタクシーを利用する。

幸い、ロータリーには客待ちの車がいた。乗り込んで行き先を告げ、ショルダーバッグから間取り図を出す。東京を出る前、城北医大の事務局に寄って宿泊施設に関する情報を手に入れたのである。

紙面に視線を落とす。施設の名前は海風荘、敷地は三百坪とある。鉄筋コンクリート二階建てで部屋数は十四。一階には食堂、浴場、レクリエーションルーム、厨房、個室が四つ。二階は全て個室で十室。亡くなった男性は一〇二号室、女性は一〇三号室を使っていたとのこと。

海沿いの道に出たタクシーは、南に向かって走り続けた。師走に入ったが、伊豆の海は冬であることを忘れさせるほどに青く輝いて見える。

やがてタクシーは海沿いに建つレンガ外壁の建物の前で停まり、料金を払って車を降りた。首をぐるりと巡らせる。海風荘の敷地はコンクリート塀で囲まれており、敷地内には松の木や蘇鉄などが植えられていた。

「いい所ですね。目の前は海だし、ここならすぐに潜れますよ」

《感心してないで中に入って》

「はい」

門まで足を運んでインターホンを押した。事務局の話では、管理人がいるとのことだ。

《どちら様でしょうか？》

嗄れた男性の声だった。年配者のようだ。

「警視庁から参りました舟木と申します」

《ああ、警察の方ね。事務局からお話は伺っています。お待ちください》

ほどなくしてサックスブルーのカーディガンを着た白髪の老人が現れ、門扉を開けてくれた。

警察手帳を提示する。

「さあ、どうぞ」

「恐れ入ります」と返して管理人の後に続く。

玄関は六畳ほどの広さで、出されたスリッパを履いてリノリウムの床に踏み出す。十畳余りの空間に、背凭れ付きのベンチが二つと自販機が二台置かれている。

「遠くから大変ですねぇ。まあ、お茶でも」

「お構いなく」

通されたのは正面にある管理人室で、中は四畳半ほどの広さだった。あるのは水回りと食器棚が一つ、小机、昔ながらの卓袱台、それにテレビだけだ。

管理人が押し入れから座布団を出して卓袱台の前に置く。

「どうぞ」

頷いて卓袱台の前に陣取ると、すぐに茶が振舞われた。

「こちらにお住まいですか？」

管理人が顔の前で小さく手を振る。

「いえいえ。私は通いの管理人で、自宅はここから五分ほど歩いた所にあります」

《まずは死んだ男女について話を訊いて。それが終わったら施設内を見て回る》

「管理人さん。早速なんですが、亡くなったお二人について教えていただけますか」

にこやかだった顔から笑みが消え、管理人の口から溜息が漏れた。

「二人とも、かわいそうに……。生きていたら立派なお医者さんになっただろうに――」

一呼吸あって、管理人が小机から分厚いバインダーを出した。それを捲っていく。

「これだこれだ――。まず、男子学生のことからお話ししましょう。名前は島本竜彦（しまもとたつひこ）さん。彼は当時二十四歳で六年生でした」

手帳にメモする。

「ダイビングサークルの合宿でこられていたんですよね」

「そうです。二〇一一年の七月二十一日から二十八日の午前中までの予定でこの施設を借りていました。合宿自体は二十七日が最終日だったんですが、夜に打ち上げをするということで二十八日の午前中まで借りていたんです。でもまさか、その打ち上げが仇になってしまうとはねぇ」

「誤嚥で窒息死したそうですが？」

「ええ、私も遺体を見ましたよ。確かに枕元は嘔吐物塗れで、彼の口の周りにも嘔吐物が――。あの日の朝、いつものように庭の掃除をしていると建物の中から女性の悲鳴が聞こえてね。それで箒(ほうき)を放り出して中に入ってみると、学生達が一〇二号室の前に集まっていました。学生の一人に『どうしたんだ?』って訊くと、『島本先輩が死んでる』って。もう腰が抜けてしまって……。それで一〇二号室を覗くと、女子学生が泣きながら床に座り込んでいて、男子学生の一人が島本さんの身体を診ていました。するとその男子学生が『嘔吐物を喉に詰まらせたようだ』と言って――」

「誤嚥を起こした原因は?」

「前夜の打ち上げの時、島本さんは泥酔したそうなんですよ。それが原因じゃないかって聞きました」

「警察に通報したのは?」

「私です。救急車を呼ぶと言ったんですが、『完全に死んでいますから無駄です。警察を』と島本さんを診ていた男子学生が言うものですから」

「第一発見者は?」

「泣いていた女子学生ですよ。島本さんがいつまで経っても起きてこないから起こしに行ったら、もう冷たくなっていたと」

「部屋の鍵はかかっていなかったんですか?」

「島本さんは泥酔していたから仲間が部屋に運んだと聞きました。それで鍵がかかっていなかったんじゃないですか?」

鍵は島本が持っていたはずだから、彼の身体を探って鍵を見つけることまではしなかったということか。まあ、普通はそうだろう。

「警察はどのような行動を？」

「検視作業をして学生達から事情聴取を。勿論、私からもね」

管理人の証言をメモしていく。

「では、亡くなった女子学生についてお願いします」

管理人がバインダーのページを数枚捲り、頷いた。

「名前は秦野美佐子さん。彼女は当時二十三歳、五年生でした。彼女もまた、ダイビングサークルの合宿でここにきていたんです。予定は二〇一二年の五月十五日から二十日の午前中まで。その時も十九日が最終日だったんですが、夜に打ち上げをするということで二十日の午前中までここを借りていました」

「そして秦野さんも嘔吐物を喉に詰まらせて亡くなった――ですか」

「はい。彼女も泥酔していたとかでね。二十日の午前九時頃だったでしょうか。一仕事終えてこの部屋でコーヒーを飲んでいると女性の悲鳴が聞こえて、慌てて外に出ました。悲鳴は続き、声のする方に行ってみると、一〇三号室のドアが半開きになっていましたよ。そしてベッドには嘔吐物塗れの秦野さんが――」管理人が眉根を寄せた。「それから学生達が集まってきて」

「彼女の部屋も鍵が開いていたんですか？」

「そうみたいですね。島本さんの時と同じで、彼女も仲間に運ばれたって」

「悲鳴を上げた女性は？」

「島本さんを発見した女子学生でした」

《やはり妙ね》と堂安が言う。《柚木医師の写真を見せてみて》

舟木は写真を差し出した。

「この女性ですか？」

写真を見た管理人が首を捻る。

「どうかなぁ？　私もじきに八十だし、あれから七、八年経っているから記憶が曖昧で――。この人だったような気もしますけどねぇ」

どう考えても柚木医師に間違いない。

「では、秦野さんを診たのは？」

「学生達のリーダーです」

「島本さんを診た？」

「いえいえ。島本さんを診た学生は六年生でしたから、もう卒業していました」

「そのリーダーも、秦野さんの死因を誤嚥による窒息と？」

「そうです。ですから、救急車じゃなくて警察を呼んでくれと」

「警察に通報したのは今度も管理人さんでしたか？」

「ええ。駆けつけてきたのは島本さんのことを調べた刑事さん達だったんですけど、遺体を解剖すると言い出してね」

《やっぱりか――。二人とも同じ場所で同じ死に方をしているから、その刑事達が疑問を抱いたのは当然だわ。施設の中を見せてもらって。それが終わったら下田警察署に行って》

「管理人さん。建物の中を見せていただけませんか？」

「どうぞどうぞ」

管理人に先導されて、まず食堂に足を運んだ。中は十二畳ほどで、四人掛けのテーブルが五つ並んでいる。各テーブルには塗箸と調味料のセットが置かれており、どこか大衆食堂を思わせる。

続いて厨房を見せてもらった。広さは六畳ほどで、冷蔵庫が二台と冷凍庫が一台、シンク類、レンジ台、調理台などが並んでいる。

「食事は誰が作っているんですか？」

「学生達ですよ。自炊でね。じゃあ、隣の浴場を」

浴場は男女に分かれており、いずれも広さは六畳ほど。バスタブもゆったりとしている。

「次、行きましょう」

管理人が言い、廊下に出て奥に進む。

管理人がドアを開け、「ここはレクリエーションルームです」と説明した。

中は二十畳ほどで、卓球台とビリヤード台があった。壁にはキューが並んでいる。

それから島本が死んでいた一〇二号室を見た。造りは洋室で床はフローリング、ベッドは東側の壁際に置かれ、正面の南向きの窓は腰高窓である。西側の壁には収納ロッカーが一つある。エアコンも備えつけられている。

「ここの広さは？」

「四畳半です」

これにユニットバスがあればビジネスホテルの一室といったところだ。

「島本さんはベッドにいたんですよね。頭はどちら側を向いていました？」

「窓の方でした」

柚木医師が関与しているとしても、どうやって誤嚥を起こさせたのか？

《写真を撮っておいて》

ショルダーバッグからデジカメを出し、角度を変えて何度かシャッターを切った。

「では、秦野さんが亡くなっていた部屋も見せてください」

隣の部屋に移動したが、中の造りは一〇二号室と全く同じだった。

「管理人さん、一〇一号室も同じ造りですか？」

「はい。二階の各部屋も全部同じ造りですよ」

「秦野さんの頭はどっち向きでした？」

「彼女の頭も窓を向いていましたねぇ」

それから二階の各部屋を見て回り、最後に庭を案内してもらった。庭は敷地の南側に位置し、全面に高麗芝（こうらいしば）が植えられている。

「学生達は、ここでよくバーベキューをするんですよ」

頷いた舟木は建物に目を向けた。一階も二階も窓が見える。ここからのアングルも十数枚カメラに収める。

《下田警察署に移動よ。管理人に頼んでタクシーを呼んでもらいなさい》

下田警察署の受付で身分と用件を告げた舟木は、女性職員の「少々お待ちください」の声に頷いて近くのベンチに移動した。

それから五分も待ったろうか、制服の中年男性がバインダーを持って現れ、生活安全課の課長だと名乗った。二人の死に事件性がないということで生活安全課の管轄となったようだ。それから別室に案内されて説明を受けることになった。

課長がバインダーを開く。

「島本さんについてですが、死亡推定時刻は二〇一一年七月二十七日の午後十一頃。本署に通報があったのは翌二十八日の午前九時十五分で、警察官二名が現場に駆けつけて島本さんの死亡を確認しています。その後、検視官も島本さんを調べ、事件性なしと結論。理由は外傷が無かったこと、島本さんが泥酔していたこと、島本さんが嘔吐した痕跡が残っていて島本さん自身もチアノーゼを起こしていたこと、島本さんの死亡推定時刻に誰も島本さんの部屋に入っていなかったこと等々。それで、誤嚥による窒息死と結論を——。死亡推定時刻の算出は最寄りの救急病院の医師に依頼しました。ダイビングサークルのメンバーの証言ですが、島本さんは飲み会ではよく飲み潰れていたらしいです。俗に言う、酒に飲まれるってやつですかね。当日も、午後九時頃には酔ってテーブルに突っ伏していたらしいですよ」

「どこのテーブルです」

「食堂です」

「では、食堂で宴会を？」

「はい。それから部屋に運ばれたそうで」

「午後十一時頃に島本さんの部屋に誰も入らなかったと、どうして分かったんですか？」

「防犯カメラの映像で分かりました。海風荘には防犯カメラが数台設置されていて、そのうちの一台は一階の通路をカバーしています」

《島本さんの部屋は一階で外から簡単に侵入できる。そのへんのところは？》

「誰かが窓から入った可能性は？」

「それもありません。午後九時頃から午前零時頃まで、ダイビングサークルのメンバー四人が庭にいたんです。星でも眺めながら飲み直そうという話になったとかで、食堂から庭に移動したそうです。一〇二号室の窓は開いていたそうですけど、彼らは不審者など見なかったと証言しました」

「島本さんの第一発見者は？」

課長が紙面に視線を落とす。

「サークルのメンバーとしか書かれていませんね」

《事故扱いだからね》

そう。事件扱いなら必ず第一発見者の名前が調書に書かれているのだが。

「では、秦野さんについてお願いします」

課長がもう一つのバインダーを捲る。

「死亡推定時刻は二〇一二年五月十九日の午後十時頃、本署に通報があったのは翌二十日の午前九時五分です。死因は島本さんと同じで、誤嚥による窒息。また、誤嚥に至った経緯も島本さんの時と全く同じで、不審人物の目撃証言もなかったことから、彼女の場合も泥酔による嘔吐で誤嚥を起こしたと結論されました」

「彼女も泥酔していたってことですが、部屋に運ばれたんですか？」

「ええ。男子学生の一人がおぶって、女子学生も一人付き添って」

「部屋の鍵は？」

「かけなかったそうです」

「島本さんのケースと全く同じですね」

「発見されるまではね。でも、秦野さんは司法解剖されています」

「どうして？」

「検視官が不審を抱いたんです。その検視官、島本さんの検視もしていたんですよ」

《二人が全く同じパターンで死んだことに疑問を持ったということか。賢明な判断ね。でも、事件になっていないということは――》

解剖では不審点を見いだせなかったことになる。

《解剖医にも会ってみましょう》

言うと思った。

「その解剖医は？」

課長が調書を捲っていく。

「――静岡医科大学法医学科としか書かれていませんねぇ」

現地で尋ねるしかないか。

「確認です。秦野さんの死亡推定時刻、彼女の部屋に入った人物は？」

「いませんでした。それも防犯カメラで確認しています」

「窓は閉まっていましたか？」

「いいえ、開いていたそうです。ですが、彼女の死亡推定時刻、庭にはサークルのメンバーが五人いましたから外からの侵入は不可能です」

《もういいわよ。一応、調書のコピーをもらっておいて》

下田警察署を辞去した舟木は、レンタカーを借りて静岡医科大学に向かった。

「堂安さん。加藤涼子のこともありますし、海風荘の二件も完全に密室殺人ですよね。どうやって誤嚥を起こさせたんでしょう？」

《それが分かれば苦労なんかしない。だけど、どちらのケースも柚木医師の仕業でしょうね。加藤涼子の一件も、海風荘でまんまと二人を殺したから同じ手口で殺そうと考えたんだわ》

一時間半ほどで静岡医科大学に到着し、幸いにも、手間取ることなく秦野美佐子を解剖した医師を突き止めた。

医師に会って事情を話すと、「ああ、あの時の」という返事があった。そして、解剖写真を提示してくれた。

「これは気管の切開写真ですが、明らかに嘔吐物が詰まっています」

写真を凝視すると、確かに異物が写っている。素人の自分にもはっきりと分かった。これでは窒息するのも無理はない。

次に見せられたのは肺の切開写真で、それにも嘔吐物が写っている。更に胃の切開写真では、かなりの量の未消化物が写っていた。

「血液検査の結果は？」

医師がバインダーを開き、貼り付けてある紙を見せてくれた。

「毒薬物の反応は一切ないし、血中の酸素濃度も極端に低い。間違いなく誤嚥による窒息死で事件性はありません」

こっちは医学に関しては素人だから、ここまで断言されたら引き下がるしかない。堂安も何も言わないし、退散することにした。

レンタカーに戻っても堂安は一言も発しない。密室トリックを解くことに没頭しているのだろうか？

すると、《あ〜、どうしても分からない！》というイラついた声が聞こえてきた。やはりトリックについて考えていたようだ。

《島本さんと秦野さんの死亡推定時刻、誰も二人の部屋に入っていないんだから時限的に発動するトリックだと思うんだけど》

「あるいは、検査に引っかからず、すぐには効果が発揮されない薬物かも」

《スパイ映画じゃあるまいし、そんな薬物なんかあるもんですか》
今度は荒い声が返ってくる。イラついて機嫌も悪くなったか？
《海風荘に戻りなさい。夜を待って、庭から一〇二号室と一〇三号室を観察する》

海風荘に着いたのは午後七時過ぎだった。

管理人に頼んで庭のライトを点けてもらい、真っ暗な一〇二号室と一〇三号室を凝視する。当時、死んだ二人は泥酔して寝ていたわけだから部屋は暗かっただろうし、それと同じシチュエーションにしてある。

もっとよく見えるかと思っていたが、庭のライトが明るいせいか、それほど鮮明には見えない。とはいえ、人の姿なら十分に分かるから、誰かが一〇二号室と一〇三号室に侵入しようとしたなら一発で見つかってしまっただろう。

「堂安さん。これだと人目を盗んで窓から侵入するのは無理ですよ」

《そうね。一体、どうやって入ったのかな？　それ以前に、どうして海風荘を殺しの舞台に選んだの？　人が大勢いるところなのに――。島本さんと秦野さんのことも頭に入れておきたい。明日、二人の家族に会って》

「はい」

《私は今日のことを山瀬さんに伝えるから、あなたは東京に帰ってきなさい》

※

十二月八日――

秦野美佐子の家は横浜市磯子区にあった。立派な一戸建てで、駐車場には国産の高級車が停めてある。母親にアポは取った。

インターホンを押すと女性が出た。

「警視庁の舟木です」

《お待ちください》

すぐに玄関ドアが開き、痩せた女性が出てきた。

警察手帳を提示する。

「美佐子の母です。お話ししたいことがあると仰っておられましたけど？」

「ええ。美佐子さんですが、殺害された可能性が出てきました」

明らかに、母親の顔から血の気が引いた。

「殺された？」

「はい」

刑事から言われたのだから疑うはずもない。「だ、誰に！　誰に殺されたんですか！」と迫ってくる。

狼狽するのも無理はなかった。今の今まで、娘は不幸な事故で死んだと思い込んでいたのだから。

「容疑者についてはまだお話しできません」

母親が大きな溜息を吐き、目に涙を浮かべる。

「どうして？」

「証拠を固めきれていないからです。容疑者を追い詰めるためにも、美佐子さんのことを知る必要があります」

全て堂安の指示である。

母親が頷き、「お入りください」と言った。

リビングに通され、振舞われたコーヒーに口をつけた。

「美佐子の何をお話しすれば？」

「美佐子さんが亡くなる前年、同じダイビングサークルに所属していた島本さんという男性も海風荘で亡くなっています。二人に共通する何かがあったと考えているんですが、お心当たりのことは？」

「美佐子と島本さんは付き合っていました」

「恋人同士だったんですか？」

「はい。その当時は知らなかったんですけど、美佐子の死後、日記を読んで知りました」

《恋人だった男女が同じ死に方か——。柚木医師との間で何らかのトラブルが起きたようね。日記を見せてくれるよう頼んで》

「その日記ですけど、読ませていただくわけには？」

「構いません」

母親が席を立ち、しばらくして日記帳を持って戻ってきた。

「どうぞ」

「拝見します」

読み進むうち、二人が付き合い始めた時期が分かった。島本が死ぬ三ヵ月ほど前からで、島本から交際を申しこんできたと書かれている。だが、誰かとトラブルになっているといった記述はない。

その後、島本の両親にも会ったがこれといった話は聞けず、両親は只々、殺人の可能性があると聞かされて狼狽するばかりだった。

《舟木。本庁に戻って、今まで集めたデータを読み返して不可解な点がないかどうかチェックしなさい》

「はい。ところで、誤嚥トリックを解く目処は？」

《昨日の今日よ、分かるわけないでしょ。くだらない質問しないで》

「すみません……」

《私は考え事をするから、緊急事態以外は連絡してこないように》

推理に没頭か？

一時間ほどで第一分室に戻り、集めたデータを精査した。
①――
まず今年の七月二日火曜日、荒川の河川敷で、性別を変えられた田坂幸利の遺体が発見された。だが、その後の捜査は進展せず、四ヵ月後に大阪刑務所襲撃事件が勃発――。

②――
大刑襲撃事件の主犯は末期癌だった元自衛隊員の浅田保で、受刑者五人を射殺して自爆。加えて、射殺された受刑者の中に、浅田保の娘を殺害した男が含まれていた。

③――
浅田が末期癌宣告されたのは城北医大病院で、浅田の死亡診断書を書いたのが柚木医師。彼女は城北医大出身で、今も非常勤医師として城北医大病院と関わりを持つ。浅田と柚木医師の接点は城北医大病院で間違いない。更に、田坂幸利も城北医大病院勤務の内科医だった。

④――
他の襲撃犯と目される三人のアリバイ証言をしたのは米倉理沙、遠藤素子、加藤涼子の三人で、全員が若く美しい女性。加えて、田坂の手術に手を貸したと思われる麻酔医の室谷医師、柚木医師も美貌の持ち主。室谷医師は城北医大病院にも籍を置いていた。

⑤――
襲撃犯の一人と目されている篠塚啓二のアリバイを証言した加藤涼子が死亡。死因は誤嚥による窒息。そして柚木医師が医大時代に所属していたダイビングサークルでも、合宿中に部員二名が誤嚥によって死亡。しかも密室で――。

問題は⑤だ。柚木医師がやったにせよ。どうやって密室殺人を成功させたのか？　加藤涼子も含め、どんな方法で三人に誤嚥を起こさせたのか？

その後も細かな点を書き出していったが、新たな発見も閃いたこともなく、午後五時を回ったところで山瀬が入ってきた。

「おい、面白い証言が摑めたぞ。ついさっき、部下から連絡があった」

「待ってください。堂安さんを呼びます」

これは緊急事態と同じだから呼び出しても平気だろう。急いでスマホを出す。

スリーコールで《緊急事態なんでしょうね？》という押し殺した声が聞こえてきた。

明らかに機嫌が悪い。まだ誤嚥トリックは解けないようだ。ここは山瀬に任せよう。「山瀬さんに代わります」と答えてスピーカーモードにした。

「堂安さん。ダイビングサークルのメンバーだった医師から情報を得ました。島本さんが亡くなった時も秦野さんが亡くなった時も、海風荘の部屋割りをしたのは柚木医師だったそうです。彼女はサークルの副リーダーでもあったとか」

《ということは、柚木医師は好きな部屋を選べたってことですね》

「確かにそうかもしれませんけど、部屋に侵入せず、どうやって誤嚥を起こさせたんです？　泥酔しているとはいえ、喉の奥に指を突っ込まれたら誰でも目を覚ますでしょうし、大声だって上げると思います。でも、二人の叫び声を聞いたという証言はなかったんでしょう？」

《そうなんですけど……。柚木医師はどこの部屋だったのかしら？》

「堂安さん」と舟木は言った。「加藤涼子の部屋、もう一度調べてみませんか。何か手掛かりが摑めるかもしれませんし」

《そうね。すぐに行って》

加藤涼子の部屋を出ると知らず肩が落ちた。いかにも女性の部屋といった趣で洒落たカーテンや小物で彩られていたが、残念ながら手掛かりになるような物は一切なかった。

腹の虫が鳴いて腕時計を見た。もう午後七時を回っている。「堂安さん。飯食ってきます」と断って近くの蕎麦屋に足を向けた。

席に着いてカレーうどんとカツ丼の大盛りを注文する。

《今日は少ないじゃないの》

「金欠なんです」

また晴美に借金しないといけない。呆れられること請け合いだ。

カレーうどん、カツ丼の順で運ばれ、カレーうどんを食べ終わり、カツ丼を半分平らげたところで店の自動ドアが開いた。何気なくそこに目をやった途端に咽せてしまった。桑島が部下二人を連れて入ってきたのだ。

運悪く、桑島と目が合ってしまった。

桑島が眉根を寄せ、部下の一人に何やら耳打ちをしてからこっちに足を向けた。

「おい！」

「あっ、お元気ですか？」

丼と箸を持ったまま愛想笑いした。

「お元気ですかじゃねぇ」桑島が正面に座ってこっちを睨む。「大阪で姿が見えないと思っていたら、東京に戻ってやがったんだな。それより、どうしてここにいる？」

「どうしてと尋ねられても――。堂安さんの命令で」

「どんな命令だ？」

《あんたなんかに教えるか、と言ってやりなさい》

言えるか！

「あの――そのぅ……」

「何か摑んだんだな」

顔の前で大きく手を振った。

「違います。何も摑めなくて肩を落としているところで――」

桑島が片方の眉だけを持ち上げる。

「どうも怪しいな」

これ以上追及されたくない。反対に質問に転じた。

「そちらこそ、どうしてここに？」

「俺の勝手だ」

にべもなく言った桑島が席を立ち、部下達がいるテーブルに移った。

《相変わらずね。それより、慎重に行動してよ。彼の部下があなたに張り付くはずだから》

「え！　そうなんですか？」

《桑島さんは情報を得るためなら手段を選ばないもん。他人の情報でもお構いなしに掻っ攫うんだから》

「気を付けて行動します」

さっさとカツ丼を平らげて退散だ。

帰宅すると午後十時を回っていた。

キッチンに行くとテーブルの上に書置きがあった。『酢豚作ったから冷蔵庫に入れておくね。チンして食べてください』

晴美がきてくれたようだが、さて、どんな顔をして借金を申し込むか――。

冷蔵庫から缶ビールと酢豚を出し、酢豚を電子レンジに入れた。缶ビールのプルタブも引く。

部屋着に着替えるべく、ビールを飲みつつ寝室に入った。ベッドの上には畳んだ洗濯物があり、「いつも悪いな」と呟いてネクタイを緩める。

クシャミが一つ口を衝いて出た。今日は寒いから身体が冷えたか。バスルームに行き、バスタブに栓をして湯を出した。

キッチンに戻って二本目の缶ビールを冷蔵庫から出し、それを飲み終わった矢先にスマホが鳴った。堂安からで、第一声は《何か閃いたことはない？》だった。

こっちに意見を求めるくらいだから、よほど推理に行き詰まっているとみえる。だが悲しいかな、誤嘸トリックに使われたアイテムの見当さえつかないのである。それが判明すれば事件は一気に解決に向かうのだろうが――。

「残念ながら――」

《でしょうね。尋ねるだけ無駄だったか――》

沈黙の時間が過ぎるうち、忘れていたことを思い出した。湯をためていたのだった。

いけね！

「すみません。ちょっと失礼します」

慌ててバスルームに駆け込むと、もうもうと立ち込める湯気の向こうで湯が溢れ出ていた。お知らせブザーを買っておけばよかった。

湯を止めてリビングに戻り、再びスマホを耳に当てる。

「すみませんでした」

《何かあったの？》

「いや～、バスタブに湯をためているのをすっかり忘れちゃってて――。溢れてましたよ」

堂安は何も言わない。自分から尋ねたのだから相槌ぐらい打っても良さそうなものだ。それどころか、通話が切れた信号音までもが聞こえてきたではないか。堂安はマイペース過ぎて扱いに困る。

「何だよ、自分からかけてきたくせに」

愚痴を零し、ワイシャツを脱ぎつつリビングを出た。

湯気で霞んだバスルームに入り、「勿体無いことをした」と言いながらバスタブに浸かる。途端に大量の湯が溢れて洗い場を流れた。

こうしていると何か閃くような気もするが、閃かないのが凡人たる所以か。

身体も温まり、バスタブを出てシャンプーを摑んだ。

泡が頭を包むと微かにスマホの呼び出し音が聞こえた。また堂安だろうか？　後で電話することにしよう。

だが、呼び出し音は切れることなく延々と鳴り続ける。絶対に堂安からだ。

風呂ぐらいゆっくりと入らせてくれよと独りごち、バスルームを出てバスタオルを腰に巻いた。

早く出ろと鳴り続けているスマホを摑んで通話マークをタップするや、《出るのが遅い！》という怒声が飛んできた。

「風呂に入ってたんですよ。それより何ですか？　さっきは一方的に通話を切っちゃうし」

不満声で言ってやった。

《ドレッシングある？》

「はあ？」

《サラダにかけるドレッシングよ。冷蔵庫にあるかって訊いてるの》

どうしてこの女は、いつもいつも訳が分からないことを唐突に言い出すのか。

「あったと思いますけど」

《どんな種類？　オイルを使ったサラサラ系？》

「ごま油と醬油のドレッシングですけど――。まさか、ドレッシングを切らしたから持ってこいって言うんじゃないでしょうね」

《そんなこと言わないわよ。それに、私はサウザンアイランド派だもの。いいからすぐに冷蔵庫を開けて》
「ひょっとして、からかってます？」
《いいからドレッシングを見なさい！》
何が悲しくてドレッシング如きで怒鳴られなければならないのか！　知らず口がへの字に曲がり、「見ますよ。見りゃあいいんでしょ」と言い返してキッチンに入った。冷蔵庫を開けてサイドポケットに収まっているドレッシングを手に取る。
「このドレッシングがどうかしたんですか？」
《どんな状態？》
「二層に分離してますけど」
《それが答えよ。柚木医師が使ったトリックのね》
「え！　彼女はごま油ドレッシングを飲ませて誤嚥させたんですか！」
《んなわけないでしょ。比喩よ比喩——。海風荘で死んだ二人の部屋と加藤涼子の部屋は、そのドレッシングと同じ状態になっていたの》
さっぱり分からない。きっと、鏡を見たら目が点になっていることだろう。
「すみません。私の頭じゃ理解できませんから、もっと嚙み砕いて説明してくれませんか」
《しょうがないわね——。あなたがお風呂の湯を溢れさせたことがヒントになって、いつぞやのニュースを思い出した》

「ニュースって？」
《薬品タンクを掃除していた作業員達が酸欠で死んだ事故よ》
「ああ、そんなニュースがありましたね」
米倉理沙を訪ねた後、車で移動中にラジオで聞いたのだった。
相変わらず嵐のような女だが、ごま油ドレッシングとあのニュース、それに風呂の湯を溢れさせたことがどう関連する？　堂安の頭の中はどうなっている？　開けて覗いてみたい。
「まさか――。風呂の湯が関係してるってことは、アルキメデスの原理がトリックを解くカギ？　アルキメデスも風呂の湯で閃いて王冠の重さを調べる方法を思いつきました」
《全然関係ない》
あっさり否定されてしまった。
《ドレッシングをよく見て。どうして二層になってると思う？》
「水と油だからですよ。文字通り、ごま油は油で醤油は水系でしょ」
《それだけ？》
言われて頭を回転させた。
「比重の関係も――。油の方が軽いですから上に」
《そう。じゃあ、柚木医師が使ったトリックの説明をする》
スマホとドレッシングの瓶を握りしめたまま堂安の声を待つ。
《さっき、いつぞやのニュースがヒントになったと話したけど、柚木医師は海風荘の一〇二号室と

一〇三号室を薬品タンク内と同じ状態にしたのよ》
「つまり、酸欠状態に？」
《うん》
「あり得ませんよ。タンクは密閉されていたから中は酸欠状態でしたけど、二人が使った部屋は窓が開いていたんですよ」
《相変わらず思慮の浅い男ね》
窓が開いていても酸欠にできるということか？
《ドレッシングをよく見て》
しげしげと見つめる。
《ごま油が空気、醤油がトリックに使われたアイテムよ。ごま油と醤油の境目が部屋の窓のラインと考えて、そしてドレッシングの容器にはごま油しか入っていなかったと仮定すると、何をすれば今の状態になる？》
「――外部から醤油を容器に注げば――」
《そう、一瞬混ざるけど、すぐに分離して醤油がごま油の下になる。今あなたが答えたことが、二人の部屋でも起きたのよ》
「じゃあ、空気より重い気体が使われたってことですか？」
《ようやく分かった？　世話の焼ける男》
そんな発想するのはあんただけだ。

《海風荘を殺しの舞台に選んだ理由もそこにある》
「その気体を使うために？」珍しく閃いた。「あっ！　ボンベ――。酸素ボンベ！」
「そうよ。中身を凶器に入れ替えれば堂々と海風荘に持ち込める。だって、ダイビングサークルの合宿なんだから」
「でも、二人の身体から毒薬物反応は出ていません。無毒の気体ってことですね」
《無毒よ。空気にも含まれているから》
「それって何ですか？」
《恐らく、空気の成分で一番重たいアルゴンだと思う。拡散しにくいから》
初めて耳にした。
《空気の成分を大雑把に言うと、窒素七八パーセント、酸素二〇パーセント、アルゴン〇・九パーセント、二酸化炭素〇・〇三パーセント。空の水槽をアルゴンで満たすと、折紙で作った船が浮かぶほど。そのアルゴンを外部から部屋に注げば、もともと部屋にあった空気はアルゴンに押し上げられて窓から出る。一〇二号室と一〇三号室の窓の高さを覚えている？》
「腰の高さでした」
《そう。だから余計な空気は窓から外に出て、窓のラインで空気とアルゴンの二層に分離した。さっきも言ったように、あなたが風呂の湯を溢れさせたことがヒントになってアルゴンを連想したってわけ》
「窓の高さから下の空間がアルゴンで満たされたってことは――。二人はベッドで寝ていましたから、アルゴンの中に身を置いたことになりますね。だから酸欠に」
《うん。そして窒息死した》
「ですが、酸素が無くなれば目を覚ましませんか？　苦しいはずですよ。目を覚ませば、縛られていたわけではないですから外に出ることもできたでしょう。それ以前に、ドアの隙間からアルゴンガスが流出してしまうことは？」
《最初の質問の答えだけど、目を覚まさないのよ。そこが人間の身体の不思議な点でね――。口を塞がれたり、首を絞められたり、あるいは溺れたりと、呼吸ができなくなると脳が危険を察して身体に苦しいという信号を送る。でも、アルゴンで満たされた空間に身を置くと、酸素は無くても普通に呼吸はできるわけ。だから脳は危険を察知するのが遅れ、結局、酸欠で意識が飛ぶ。おまけに、二人は泥酔していたんだから目を覚ますなんてあり得ない。そしてそのまま窒息死。二つ目の質問の答えについてはノーよ。確かに僅かばかりはアルゴンが部屋から流出するだろうけど、ドアの隙間なんて微々たるものだから出る量もたかが知れている。その証拠に、昔は部屋に目張りをしなくてもガス自殺ができたし、塩素ガス自殺だって目張りをしなくても死ねる》
「でも、どうやってアルゴンガスを部屋の中に注いだんです？」
《今も言ったでしょ、アルゴンは重いって。だったら自然と答えは限られてくるわよね》
「重力の法則ですか！　真上の部屋からホースか何かを使って流し込んだ？」
《うん。部屋割りをした柚木医師なら真上の部屋を選ぶことができたし、二人の部屋の窓が開いていたのもホースを引き込むためだった。海風荘の庭から一〇二号室と一〇三号室を眺めた時、ライトが点いていて庭が明るかったからどちらの部屋もクリアには見えなかったでしょ？　加えて、建物の外壁はレンガ調。ホースを外壁に近い色に塗っておけば庭から見られても目立たない》

「なるほど——」

《いずれにしても、二人が泥酔したのも偶然じゃないわ。酒が進むように仕向けたんだと思う。例えば煽（おだ）てるとか、滅多に手に入らないような高級酒を用意したとか》

「アルゴンガスが使われたとしても、かなりの量が必要では？」

《そうでもないわ。一〇二号室も一〇三号室も広さは四畳半ほどだし、アルゴンを満たす必要があるのはベッドで眠っている二人の身体の高さまで。となると、せいぜいダイビングに使うボンベ二、三本で十分でしょう》

「たったのそれだけで？」

《コンプレッサーでアルゴンガスを目いっぱい詰め込めばね。ちなみに、液体アルゴンが気体になると体積は七〇〇倍以上になる。それだとボンベ一本で十分》

「液体アルゴンが使われたのかもしれませんね」

《それはない。何故なら、窓が開いていたからよ。ドライアイスを想像してみて。気化する時、外気との温度差で白濁化するでしょ？》

「そうか！　窓から白濁化したアルゴンガスが出ると、外にいる人間の目に留まる恐れがありますもんね。だから気体のアルゴンを選んだ。でも——」

《どうやって誤嚥を起こさせたかでしょ？》

「そうです。柚木医師は部屋に入っていないんですよ」
《答えは簡単。二人は、いえ、加藤涼子を含めた三人は誤嚥なんか起こしていなかったのよ》
「ですが、解剖で嘔吐物が確認されているじゃないですか」
《確かにね。でも、嘔吐物の成分は調べたけどＤＮＡ検査まではしていない》
瞬く間に、堂安が言わんとしていることが分かった。
「嘔吐物は他人のモノ？」
《正解。解剖医も、まさか他人の嘔吐物だとは思わないもんね。まあ、ここまでヒントを言えば馬鹿でも答えは出るだろうけど》
一言多い。
《じゃあ、嘔吐物は誰のモノ？》
考えられることは一つだ。気管内挿管できる人物で第一発見者。柚木医師が第一発見者であるという確証はまだ得ていないが、数々の状況から彼女以外には考えられない。
「柚木医師の嘔吐物――。自分の嘔吐物を三人の体内に入れた？」
《医師だから簡単。海風荘で死んだ二人の第一発見者はきっと柚木医師よ。彼女はアルゴンガスで二人を窒息死させ、仕上げに第一発見者を装って二人の部屋に入った》
「そして自分の嘔吐物を二人の肺と気管に入れて誤嚥を演出したってことですか」
《そういうこと》
「加藤涼子の件は？　柚木医師は第一発見者じゃありませんけど」

《方法は同じよ。ダイビングのボンベを使った》

「彼女の部屋にそんなものはありませんでしたよ。搬入と回収はどうやったんです？」

《搬入は宅配便でしょう。恐らく、柚木医師は加藤涼子にこう言ったと思う。『気晴らしにダイビングを始めてみない？』と。更に、『始めるなら、使わなくなったダイビング用具一式があるからあげる』とも。ダイビング用具は高価だけど、それをタダでくれるとなれば誰だって心が動く。そして加藤涼子は承諾し、柚木医師はアルゴンガスを詰めたボンベと用具一式を送りつけた》

「じゃあ、柚木医師は加藤涼子の部屋に行ったんですね」

《二度ね。いずれも変装して自宅の塀を乗り越え、その足で加藤涼子の部屋に行った。一度目だけど、飲み物に睡眠薬を混ぜて加藤涼子を眠らせた柚木医師は、加藤涼子と既に送りつけてあったボンベを寝室に運ぶと、そっとボンベのバルブを開いた。そうすれば徐々にアルゴンガスが部屋を満たして、やがて加藤涼子は酸欠状態になって死ぬ》

「待って下さい。加藤涼子の体内から睡眠薬の成分は出ていませんよ。それに、飲み物って？　アルコールですよね」

《睡眠薬を使っても時間が経てば成分は消える。その時点で彼女が死ねば問題ないわけよ。つまり、睡眠薬の成分が体内から消える時間を弾き出してトリックが完結するようにしたってこと。アルコールに関しては飲ませたかどうか分からない》

「でも、血中のアルコール濃度が高かったと――」

《別に酒を飲ませなくても、血中アルコール濃度なんか幾らでも調整できるわよ》

「どうやって？　注射ですか？」
《それだと注射痕が残る。睡眠薬で眠らせたって言ったでしょ》
「え？」
《分からない？》
「分かりません」
《大腸からアルコールを吸収させればいい》
「大腸？　じゃあ、肛門からアルコールを注入した？」
《そう、加藤涼子は昏睡状態なんだから簡単よ。その後、嘔吐物にもアルコールを混ぜて気管内挿管すれば、発見時にアルコール臭もするわ。ひょっとしたら、秦野さんにも同じ方法を使ったかも。島本さんは酒好きでよく酔いつぶれていたという証言があるから酒で泥酔させるのは簡単。だけど、秦野さんが大酒飲みだったかどうか？》
「そしてアルゴンガスのトリックを仕掛けた柚木医師は、まんまと自宅に舞い戻り、加藤涼子が死んだと思しき時間、わざと警察の前に姿を晒した。二度目に部屋に行ったのは、自分の嘔吐物を加藤涼子の肺と器官に入れる為ですか」
《そう。部屋のドアを開けた瞬間、中のアルゴンは一気に外に出たでしょうね》
「でも、ダイビング用具は？」
《旅行用の大型キャリーケースにでも入れて持ち出したと思う。そのキャリーケースだけど、加藤涼子の所持品でしょう。加藤涼子がキャリーケースを持っていることも事前に調べていたのよ。そして

事を成し遂げた柚木医師は自宅に戻り、翌日、何食わぬ顔で患者を診た》
「ですが――」
《まだあるの？》
「そもそも、加藤涼子が殺された理由は？」
《桑島さんに追及されて不安になった彼女は、柚木医師に連絡して『警察の追及に耐えられるだろうか？』と弱音を吐いたんだと思う》
「それで柚木医師が殺意を――」
《加藤涼子に喋られたらアウトだもん、だから先手を打った。舟木、やることは分かっているわね》
「はい。柚木医師のＤＮＡを手に入れ、加藤涼子の体内から採取された嘔吐物と照合」
《明日の朝一で行動して》

※

十二月九日――
舟木は、受付時間よりも二十分早い八時十分に柚木外科クリニックの待合室に入った。カウンターにはまだブラインドが下ろされており、ベンチには頭に包帯を巻いた老人と左手に包帯を巻いた中年女性が座っている。診察券をカウンターの診察券入れに落とし、マガジンラックから週刊誌を掴み出して空いているベンチに陣取った。

やがてカウンターの奥から女性達の声が聞こえ始め、ほどなくしてブラインドが上がった。看護師の一人が診察券を回収して奥に引っ込む。それから数分、前のベンチに座る中年女性が診察室に入るよう看護師に指示された。

女性は五分ほどで出てきたが、看護師に付き添われて廊下の奥に消えて行く。レントゲンでも撮るのだろうか？

ドアが開き、年配の女性が待合室に入ってきた。受付に診察券を出してベンチに腰掛ける。

次に老人が診察室に呼ばれ、十分余りで包帯を外した姿で出てきた。診察室の奥に向かって腰を折り、「お世話になりました」と言ってドアを閉める。

診察室のドアが開いて若い看護師が顔を見せた。さあ、いよいよだ。

「舟木さん。どうぞ」の声に「はい」と答え、診察室に入った。正面には笑みを浮かべる柚木医師がいる。この虫も殺さぬような顔で三人を事故死に見せかけて殺し、あまつさえ、大阪刑務所襲撃のシナリオまで書いたとは――。人間の本性は外からでは分からないと痛感する。

「舟木さん。またお怪我を？」

「いいえ。ちょっとお願いがありまして」

柚木医師が怪訝そうな表情を浮かべ、後ろにいる女性看護師二人も顔を見合わせた。

間髪を容れずに警察手帳を提示し、「私、こういう者でして」と告げた。

柚木医師の眉が持ち上がる。

「警察官？」

「はい。警視庁捜査一課です」

　柚木医師が足を組む。

「それで、お願いって？」

「お伺いしたいことがあるんですが、少々長くなるかもしれません。診察終了後に、この近くの『カトレア』というコーヒーショップでお会いできませんか？」

　彼女が思案顔をする。何か企んでいるのか？

「今日は友人と約束があって――」

「では、明日でもかまいません。何時でも結構ですから」

　ややあって、彼女が小さく頷いた。相変わらず怪訝顔のままである。

　名刺を柚木医師に渡した。

「では、お時間ができたらこの携帯番号にお電話を」

　彼女の頷きを確認し、頭を軽く下げて診察室を出た。

《友人と会うと言っていたけど、本当かどうか確かめて》

「了解。それにしても、私が警官だと知ってもそれほど驚きませんでしたね」

《演技よ。だけど、警察が誤嘸トリックを解いたとまでは思っていないだろうから、自分のＤＮＡまで採取されるとは考えていないわ》

　車に戻って少し移動し、そこから柚木外科クリニックを見張り続けた。

　特に変わったことはなく時は過ぎ、ようやく午後二時を回って柚木医師が自宅の玄関から出てきた。

服装は白いハーフコートに芥子色のセーター、黒いタイトスカート、足元はパンプスだ。地下鉄の落合駅方面に歩いて行く。

《追って》

パトライトを助手席に置いて車を降り、二〇メートルほど距離を取って彼女の背中を追った。

彼女は落合駅の階段を降り、券売機で切符を買った。こっちは有人改札で警察手帳を提示する。それからホームに降り、上り方面の電車を待つ彼女の動向を窺う。誰かにメールでもしているのだろうか、しきりに携帯のタッチパネルを操作している。

ほどなくしてアナウンスがあり、上り電車がホームに入ってきた。彼女が乗った車両の隣の車両に乗る。

高田馬場駅で彼女は降り、外に出て近くの喫茶店に入って行った。本当に誰かと待ち合わせか。

《彼女が出てくるまで待機よ》

「はい」

それから二十分ほどして、柚木医師が若い女性を伴って出てきた。初めて見る顔だ。

《尾行して》の指示で二人を追う。

二人は少し歩いてイタリアンレストランに入って行った。

「どうやら食事にきたようですね」

《そうみたいね。計画変更よ、あなたも入って二人から見えない席に座って。その店で柚木医師のDNAを採取する。店長に事情を話し、彼女が触れた食器を全部持ち帰りなさい》

第六章

十二月十二日——

舟木と山瀬班は第一分室に詰めていた。今日の午前中にＤＮＡ照合の結果が出るのである。結果次第ではこのまま東京地裁まで走り、柚木医師の逮捕状を請求することになるだろう。柚木医師との約束だが、高田馬場のレストランで目的は達したからこっちから電話してキャンセルした。理由は『問題が解決したから』。そう聞かされていれば柚木医師も油断しているに違いない。

張り詰めた空気の中でスマホが鳴り、山瀬班の全員がこっちを見る。

「はい」

《科捜研です》

やっときた！

《ご依頼のＤＮＡ照合ですが——》

「どうでした？」

《一致しませんでした。完全に別々のＤＮＡです》

堂安が組み立てた推理が音を立てて崩れていく。

では、誰が誤嚥のトリックを仕掛けたというのか——。

肩を落とし、「どうもありがとうございました」と言って通話を切った。大きく息を吐き出し、山瀬に目を向けて首を横に振ってみせる。

「違う？」

「はい。全く別人のＤＮＡだそうで——」

「どうなってんだ？」

山瀬の部下達も顔を見合わせている。

かなりショックを受けたのか、堂安は沈黙したままだ。

「堂安さん」と声をかけてみた。

《誤嚥のトリックを成立させるためには気管内挿管の技術が不可欠だから、犯人は間違いなく医師よ。室谷医師のアリバイは完璧だし、柚木医師がやったとしか考えられないんだけど——》

「他にも医師の仲間がいるのかも」と山瀬が言う。

山瀬の意見に同意だ。

沈黙の時間が第一分室に流れ、やがて《もう一度推理を組み立て直す》と堂安が言った。

午後になっても堂安の声は聞こえてこず、代わりに晴美から電話があった。柚木医師を逮捕できると思い込んでいたものだから、今夜は初仕事を終えた祝いをすることになっていたのである。気拙い思いで通話マークをタップする。

「はい……」

《どうしたの？　声が暗いよ》

暗くもなろうというものだ。

「悪い。今日の予定はキャンセルだ」

《え〜っ！　お店予約しちゃったのに――。ひょっとして、トラブル？》

「そんなところだ」

《そう――。じゃあ、しょうがないわね》

「悪いな。埋め合わせはする」

《気にしなくていいよ。今晩、官舎に行ってるから》

話を終えると溜息が出た。気力が戻ってこないのだ。自分達は想像以上の悪魔を相手にしているのだと改めて思う。

そこへ、山瀬が入ってきた。

「堂安さんは？」

「梨の礫（つぶて）です」

山瀬も溜息を漏らす。

「そうか――」

すると不意に、《ねぇ》と堂安の声がした。何か閃いたか？　さっきのような落ち込んだ声ではない。

「何でしょう」

《城北医大病院のことよ。栗原先生は、『外科の医局で柚木医師に浅田のことを話した』と言ったわ

よね》
「確かに」
《その時、医局にいたのは医局長と柚木医師だけだったのかな？》
「医局なら、他の外科医がいても不思議じゃありませんよね」と山瀬が言う。
《ええ。他に外科医がいたら、二人の会話を耳にしたかもしれません》
「じゃあ、その医師が浅田と接触を？　ですが、浅田の死亡診断書を書いたのは柚木医師なんですよ」
反論した。
《それは分かってるんだけど――。あ〜！　頭がショートしそう！》
こっちはショートどころか、バッテリー切れで火花も飛ばない。
《ん？　待って――》
何か閃いたか？
《そうだ！　その可能性が残っていたんだった！》
久しぶりに堂安の弾んだ声を聞いた。
《舟木。あなたが二度目に柚木外科クリニックに行った時、代診の女性医師がいたでしょ》
「ええ。綺麗な女性でしたけど」
《代診させるってことは、柚木医師と親しい関係ってことにならない？　大事な自分のクリニックを任せるんだから、技術的にも人間的にも信頼している医師なんじゃないのかな？》
「何を仰りたいんですか？」

《あの医師、柚木医師は学会に出ていると言ったでしょ。つまり、柚木医師が帰ってくるまでは柚木外科クリニックを自由に使えるってことよ》

「まさか！」と山瀬が言う。

こっちもピンときた。

「浅田の死亡診断書を書いたのは彼女！　田坂の手術をしたのも――」

《そう考えれば辻褄が合う。学会や医師会が開かれる場所が地方なら、泊まりで出かけることだってあったでしょう。当然、代診を頼まれる側は柚木医師のスケジュールを知っていることになる。そして浅田が死亡診断された日、柚木医師が地方で開かれた学会か医師会の会合に泊りがけで行っていたとしたら――》

「浅田が死亡診断された日に、外科学会か外科医師会の会合が開かれたか調べます」

山瀬が駆け出して行った。

《舟木。あなたはどうするの？》

「あの医師の名前と勤務先を確認し、彼女のＤＮＡを採取」

《そうよ。但し、あの医師を調べていることを柚木医師に悟られちゃいけない。まだ彼女がシロと決まったわけじゃないんだから》

柚木外科クリニックでは訊けないということだ。堂安の推理からすると、あの女性医師は城北医大病院の外科に勤務していることになる。

「明日、城北医大病院の事務局に行って、外科医全員のＩＤ閲覧を要請します」

あの病院のＩＤには顔写真もあった。

※

十二月十三日　城北医大病院――

事務局に足を運び、事情を話して外科医達のＩＤのコピー提出を求めた。

ほどなくしてコピー用紙数枚が渡され、「いてくれよ」と呟きつつそれに目を通していく。そして三枚目のコピーに目が釘付けとなった。心臓も大きな鼓動を打ち鳴らす。

いた！

名前は京野絵里（きょうのえり）。

再び事務員に目を向ける。堂安の指示がなくてもやることは分かっている。

「すみません。京野先生の履歴書を見せてください」

問題は出身医大だ。

履歴書は時間をおかずに渡された。

京野絵里、三十一歳。出身は城北医大で、この病院以外の職歴はない。しかも柚木医師と同い年である。

知らず拳を握り締め、小さくガッツポーズをしていた。

《山瀬さんに連絡して京野絵里のＤＮＡ採取を依頼する。あなたが行くべき場所は？》

「下田の海風荘」
《少しは使えるようになってきたじゃないの》
海風荘で死んだ島本竜彦と秦野美佐子の遺体の第一発見者は女子学生だった。京野絵里に違いない。

海風荘に到着したのは夕方だった。

早速、あの管理人に京野絵里の写真を見せた。

「島本さんと秦野さんの遺体の第一発見者、その女性ではありませんか？」

管理人が老眼鏡をかけ、しげしげと写真を見た。

「そうそう、この人ですよ」

京野絵里の外堀が埋まっていく。

辞去すると、堂安が、《問題は部屋割りね。柚木医師が担当したそうだけど、事実は違うのかもしれない》と言った。

「はい」

《そういえば――柚木医師はサークルの副リーダーだったわね》

「それがどうかしましたか？」

《だったら何かと忙しかったはずよ。合宿の手配や予定作成等々。京野絵里はそんな柚木医師に『私にも手伝わせて』とか何とか言葉巧みに申し出て、まんまと部屋割り作業を引き継いだんじゃないかしら？　そして作成された部屋割り表を渡された柚木医師がそれをサークルのメンバーに配った》

「あり得ますね」
《急いで帰ってきて》
下田駅に到着したところでまた堂安の声があった。
《山瀬さんから報告。京野絵里が口を付けたグラスを手に入れたって。城北医大病院内の喫茶店で入手したそうよ。それと彼女のデータだけど、家族は離婚した両親と兄。父親は病理学の研究者で国立感染症センター勤務、中国籍の母親は内科医で実家がある上海で診療所を開いているらしい。そして兄は都議会議員で、次の衆院選に出ると噂されている。問題は選挙区なんだけど――》
「選挙区?」
《土方議員の選挙区なの》
「まさか――」
《土方議員は全国放送で醜態を晒した。つまり、京野絵里の兄にとっては強力な対抗馬がいなくなったってことよ。京野絵里の兄が事件に関与しているかどうかはまだ分からないけど》
「たとえ無関係でも、妹が殺人鬼だと分かれば当選は無理ですね。都議も辞職――」
《まあそうなるでしょうね》

※

十二月十六日　夜半――

第一分室に戻ると山瀬から電話があった。堂安に電話したが出ないという。往診でも受けているのだろうか。

「何か摑めましたか？」

《ああ。京野絵里の医大の同期からは留意するような話は聞けなかったが、高校の同級生が奇妙な話をしてくれた》

「どのような？」

《京野絵里が高校三年の時の話なんだが、彼女が所属していたソフトボール部の生徒達が集団食中毒を起こしていた。生徒達の嘔吐物からサルモネラ菌が検出されたそうで、食中毒の原因は試合会場で出された昼食弁当だったらしい。だけど、一人だけ無事だった生徒がいる。他でもない京野絵里だ》

「怪しいですね」

《彼女は第一試合に先発で出場予定だったんだが、試合直前に体調不良を訴えた。そして昼食時も、食欲がないと顧問の教師に訴え、スポーツドリンクだけを口にしたってことだった。それともう一つ、海風荘の件だ。俺の部下が、中央区総合病院にいる京野絵里の大学の同期だった男性から話を訊いた。その男性が島本さんと秦野さんを部屋に運んだんだが、二度とも京野絵里が一緒についてきて、『心配だから少し様子を見る』と言って自分だけ残ったらしい。多分、二人が目を覚まして鍵をかけた時のことを考えたんだろう》

「二人の鍵を奪うために一人だけ残った」

《ああ。部屋に入れなければ誤嚥トリックは成立しないからな。それと、京野絵里は島本さんに交際を申し込んで断られていた。秦野さんが同期の女子学生に、『京野先輩、私が島本先輩と付き合ってることを知っていながら、島本先輩に交際を申し込んだのよ。大人しそうに見えて油断も隙もないんだから』と話していたそうだ》
「まさか、嫉妬で二人を殺したんじゃ？」
《そうとしか思えない》
いずれにしても島本は、京野絵里の告白を恋人に報告した律儀な男だったということか。
《今の話、堂安さんに伝えておいてくれ》

堂安の声が聞けたのは一時間ほどしてからだった。やはり往診を受けていたそうで、山瀬の報告を伝えた。
「柚木医師は完全にシロと考えていいですよね」
《うん、彼女には悪いことをしてしまった。彼女は熱心に学会に参加しているんでしょうね。学会に参加することで著名な外科医との交流も深まるだろうし、そうなれば技術的なアドバイスを受けることもできる。他にも、先進的な手術法や新薬などの情報もいち早く手に入れられる。それだけ、自分の仕事に向上心を持って向き合っているということね》
「そんな柚木医師を京野絵里は利用した」
《そうよ》
「一つ疑問があるんですけど――。島本さんが泥酔した時、京野絵里が島本さんの部屋に残りましたよね」
《ええ》
「その時、秦野さんは何をしていたんでしょう？　恋人の島本さんが泥酔したんだから、普通は秦野さんが部屋に残って介抱するはずです。なのに、京野絵里が残った――」
《多分、眠らされたのよ。京野絵里にとって、秦野さんが一番厄介な存在だったからね。人目を盗んで秦野さんの飲み物に睡眠薬を入れたんじゃないかしら。そして秦野さんは眠らされ、京野絵里はまんまと目的を達した》
「なるほど――」
《あっ、山瀬さんから電話だ。後でかけ直すわ》
通話が切れたが、ほんの十分ほどでまた堂安の声を聞いた。
《出たわよ》
「え？」
《ＤＮＡ鑑定》
これで決着か？
唾を飲んで「どうでした？」と訊き返した。
《加藤涼子の体内から検出された嘔吐物中のＤＮＡと、京野絵里のＤＮＡが一致した》
「ウッシャ～！」ガッツポーズが出る。「で、逮捕状は？」
《明日の朝一で請求する。裁判所には山瀬さんに行ってもらうから、あなたは明日の早朝から京野絵

里の自宅前で待機していなさい》
「はい」
《じゃあ、今日はこれで解散》
いよいよ明日は逮捕劇だ。高ぶる心を宥めて帰路に就いた。

官舎が見える所まで帰ったが、依然として興奮は収まらない。解決など不可能と思われた難事件が明日、スピード解決を迎えるのである。

どうにも落ち着かず足を止めた。

逮捕状が出されるのは一〇〇パーセント確実なのだから、その前に京野絵里を任意で引っ張っても問題ないのではないか？

立場からいって、京野絵里に手錠を嵌めるのは山瀬だろうし、取り調べも山瀬が担当するに違いない。ということは、逮捕劇も取り調べも傍観者として眺めることしかできないわけだ。今回の事件で一番動き回ったのは自分なのだし、京野絵里を引っ張るぐらいの役どころをしたって罰は当たらないのではないか？　凶悪な知能犯とはいえ、京野絵里は所詮か細い女だから逃がさない自信もある。堂安だって大目に見てくれるだろう。多少であっても堂安の推理に貢献したのは事実なのだから。

そう思うと居ても立ってもいられず、心は京野絵里の住所に飛んだ。メガネとイヤホンを外して走りきたタクシーを止める。

「お台場まで」と行き先を告げて京野絵里の顔を思い浮かべた。犯人は意外な人物、小説を地で行く展開ではないか。

　やがて目的地の高層マンション前でタクシーを降り、心を落ち着けてエントランスに踏み行った。正面の警備室まで歩を進めて警察手帳を提示する。

「警視庁捜査一課の者です。居住エリアに立ち入らせてください」

「どういった理由で？」

　体格の良い、角張った顔の制服警備員が言う。

「事情聴取したい人物がこのマンションにいるんですが、事前に知らせると証拠品を処分される恐れがあります。ですから、インターホンを介さずに直接本人の部屋に行きたいんですよ」

「どちらのお部屋に？」

「あくまでも任意での事情聴取です。その質問には答えられません」

　警備員が、隣にいる丸顔の警備員と顔を見合わせる。だが、警察手帳の威光に抗えるはずもなく、すぐに居住エリアに続くオートロックドアが開けられた。

「ご協力感謝します」の声を残し、ドアを潜って右手のエレベーターに乗った。目的の階は十一階。

　エレベーターのドアが開いて廊下に足を踏み出す。外気が入ってこない構造で、一直線の廊下の左右にドアが並んでいる。「一一〇八号室」と言いながら首を左右に向け、ゆっくりと奥に進む。

　あった！

　ローマ字で『ＫＹＯＮＯ』のネームプレートが掛かっている。

　軽く咳払いしてインターホンを押した。

ややあって《はい》と返事があった。

「警察の者です。お伺いしたいことがあるんですが」

《警察？》

「はい」

《エントランスのインターホンは鳴りませんでしたけど》

「警備の方にお願いして入れてもらいました。お話を――」

《待ってください》

落ち着かぬまま待っていると、鍵が開く音がしてドアが少し開いた。チェーンを外していないようだから警察手帳を見せろと言う気だろう。隙間から覗く顔に警察手帳を突きつける。

同時に「あら」という声が聞こえた。

「あなた、確か――」

「そうです。柚木外科クリニックでお会いしましたよね」

「どういうことですか？」

「説明しますから開けてください」

チェーンが外されてドアが大きく開いた。

京野絵里はインディゴのジーンズに黒いパーカー姿で、パーカーのポケットに右手を入れている。

「どうしてあなたがここに？　それに警察って？」

明らかに困惑顔だ。自分はノーマークだと思い込んでいたようである。

「説明は後ほど」

彼女が「お入りください」と言う。

玄関に入ってドアを閉め、改めてこの悪魔を見据えた。この綺麗な顔の下にはもうひとつの顔がある。

「その服装なら支度をするまでもありませんね。お話は警視庁でしますからご同行ください」

「いきなりなんですか！　どうして私が警視庁に行かなきゃならないんです？」

「先日、加藤涼子という女性が亡くなりましてね。死因は誤嚥による窒息でした」

恍ける犯人を追い詰めるのがこれほど快感だとは思わなかった。

「それと私がどう関係あるんです？」

悪魔が悪びれもせずに言う。

「アルゴンガス――と言えば分かりますか？」

決定打を放ったつもりだったが、悪魔は表情一つ変えない。

「心当たりがない？　じゃあ、死亡診断書の偽造は？」

明らかに悪魔が目を逸らした。

これは効いたか？　トドメだ。

「今年の七月、荒川河川敷で発見された遺体についてもお話を」

悪魔が左手を口に当てる。

「まだありますよ」と言ったところで悪魔は観念したのか、膝を折って廊下に座り込んでしまった。

それから啜り泣き始め、それはついに号泣へと変った。

ようやく落ちた——。

しゃがみ込んで悪魔の顔を覗き込む。

「さあ」

だが次の瞬間、両目に焼けるような痛みが走った。不意を衝かれてスプレーの噴射を浴びたのだ。目が全く開けられない。巷に出回っていると聞く、外国製の超強力催涙スプレーに違いなかった。バランスを崩して後ろにひっくり返り、ドアでしたたか後頭部を打つ。そして追撃の電気ショックが、二度も三度も身体中を駆け巡った。スタンガンで動けなくなるという話は聞いていたが、本当に身体の自由が利かない。警察だと聞いて催涙スプレーとスタンガンをパーカーに忍ばせていたのだろう。迂闊だった。

身体を動かすどころか声も出せず、あっという間に俯せにされたかと思うと、後ろ手にされて両手首をガムテープで縛られた。尚もガムテープで口も塞がれる。口惜しさと情けなさに、今更ながら唇を噛む。

「馬鹿な男、女だと思って油断したわね。大人しく警察に行くわけないでしょ」悪魔がこっちの髪を鷲摑みにする。「ドラマと違って、刑事は単独行動しないんでしょ。したとしても訊き込みの時だけで、容疑者に任意同行を求める時は絶対に一人では行かないと聞いたわ。それなのにあなたは一人できた。つまり、職務規定に逆らって単独捜査してるってことよね。だから、一人なら何とかなる。この男を片付けてしまえば逃げられると思って賭けに出たら、まさかこんなに上手く行くなんて」

悪魔が鼻で笑うが、悲しいかな身動きできない。

「一連の事件についてかなり調べたみたいだけど、もう終わりよ。でも、あなたがそこまで調べたってことは、他の刑事が私の存在に気付くのも時間の問題かな。仕方ない、日本を出るしかないようね」

高飛びする気か！　しかし、明日はこの悪魔の逮捕状が出る。この身はどうなろうとも、こいつは空港で御用だ。

激痛を堪えて目を開けると、悪魔がスマホを出して操作し始めた。

「……ああ、○○航空ですか？　最短で出発する上海便の空席情報をお願いします」

そういえば、この悪魔は日本人と中国人とのハーフだった。確か、母親は上海在住。

「……明日の午前七時、成田発――。この電話で予約できますか？　……お願いします。名前は習麗華、三十一歳。携帯番号は○九○‐八○六四‐○○○○。住所は東京都――」

中国名とはどういうことだ？　逃走用に偽造パスポートまで用意してあるのか？　そうだ、堂安が中国人の犯罪手口について話していた。そしてこの女は中国人とのハーフ。だから中国式のやり口を浅田にレクチャーしたのか！　それよりも、こっちの目の前で堂々と名前と行き先を告げたということは、生かして帰す気はないということか。親子で殉職など洒落にならないが、どうすることもできない。母と晴美の顔が浮かんでは消えていく。

悪魔が通話を終え、こっちを見下ろした。

「携帯にＧＰＳが内蔵されていたら厄介ね」

そう言うや、こっちの身体を探って二台のスマホを見つけ出した。

「一つはプライベート、もう一つは捜査用ね」

悪魔がスマホを廊下に起き、スリッパの足で思い切り踏みつけた。どちらのディスプレイも蜘蛛の巣と化す。

「携帯は壊したけど、念のためにここは離れた方がよさそうね。さぁ行きましょうか。時間まで、どうして私に辿り着いたかじっくりと聞かせてもらう」

悪魔が奥に引っ込み、すぐに注射器片手に戻ってきた。

「少し眠っていて」

麻酔薬か。

首筋にチクリとした痛みが走り、瞬く間に闇に落ちた。


目覚めると、コンクリートが打ちっぱなしの寒々しい空間にいた。天井の蛍光灯が煌々と点っている。口のガムテープは剥がされているものの、両手は後ろ手にされたままで足首も縛られている。

見える物といえば壁に沿って配された棚、掃除道具、目の前の背凭れ付き木製チェアー、壁に立てかけてある金属バット。何故かチェーンソウもある。中央にあるのは作業台か？　車椅子まであった。

あの車椅子で運ばれてきたのかもしれない。

どうやら倉庫の中にいるようだが、ここはどこだ？　何とかして居場所を伝える術はないものか？

身から出た錆とはいえ、軽率な行動を取ってしまった自分が腹立たしい。

後ろでドアが開く音がして、「あら、目が覚めたようね」と声がかかった。

あの悪魔の声だ。

「先に言っとくけど、大声を出しても無駄よ。ここの敷地は五百坪以上あるから外まで聞こえない」

だから口のガムテープが剝がしてあったのだ。

「あなた大きいから運ぶの大変だったのよ。車椅子を捨てずに車に積んでいてよかったわ」悪魔が目の前に立つ。「お台場の私のマンション、エントランスを通らなくても地下の駐車場に行けるの」

「その車椅子で田坂と粂村もここに運んだのか？」

「粂村のことまで調べたのね」

「浅田の身代わりに火葬したんだろ」

「呆れた、そこまで突き止めたなんて凄いじゃないの。褒めてあげる」

「お前に褒められても嬉しくない」

「だけど――マヌケでもあるわね。凶悪犯の家に一人でのこのこ乗り込んできて、挙句の果てにそのみっともない格好を晒すことになったんだもの。バカ丸出し」

今度は罵声の雨が降ってくる。

「やかましい！」

「言葉に気をつけた方がいいんじゃない？　それに命乞いもしないと」

「しても殺すんだろ？」

「まあね。だけど、必死で命乞いしたら苦しまずに死ねるかもよ」

「そいつはありがたいけど、誰がお前なんぞに頭を下げるか！」

悪魔が大声で笑う。

「面白い人。刑事じゃなきゃ恋人にしてあげたのに――。可愛い顔してるし」

「お前なんか真っ平御免だ！」

「そんなこと言われたら傷ついちゃうなぁ――」

悪魔が金属バットに近づき、それを握ったかと思うと引きずりながら戻ってきた。悪夢の光景が脳裏を過り、身体を芋虫の如くくねらせた。無駄と分かっていても、少しでも悪魔から距離を取りたい。

だが、悪魔はバットを持ったままチェアーの背凭れを前にして座り、空いた手で頬杖をついた。

「ここはどこだ？」

「千葉県鴨川市、母の知人宅の倉庫よ。その知人はお金持ちなんだけど、可哀想に、身寄りがなくて今は認知症で介護施設に入ってるの。だから勝手に使わせてもらってるってわけ。子供の頃、母に連れられてよくここにきたわ。早い話が、母の愛人よ」

「それがお前の父親にバレて離婚か？」

「余計なこと言わなくていいの。ねぇ、どうやって私に辿り着いた？」

「手足を自由にしてくれたら教えてやる」

悪魔が困ったような表情を浮かべて大きな溜息をつく。

「あなたが生きていられるのは明け方までの短い時間だけど、どっちがご主人様かしっかり分からせないといけないわね」

悪魔の眉根が寄り、立ち上がって金属バットを振り上げた。これが同じ人間かと思うほどの悪鬼の形相だ。

襲ってくる痛みを想像しただけで気が遠くなり、数秒後、想像以上の激痛で地面を転げまわることになった。金属バットが右脛を直撃したのである。激痛は収まるどころか増幅し続け、悪魔が「あ〜あ、折れちゃったかもね」と言い放つ。

脂汗が額を伝い、それが口に入ってくる。

「どう？　言う気になった？」

「誤嚥のトリックを見破って、加藤涼子の嘔吐物と柚木医師のＤＮＡ鑑定をしたんだ。だけど――」

「最初は彼女を疑っていたのね」

「そうだ。でも、鑑定結果が不一致。そんな時、お前が柚木クリニックで代診していたことを思い出して、もしやと思った」

正確には堂安が――だが。

「そして私をマークしてＤＮＡを手に入れたのかぁ。ＤＮＡって厄介だわ、何にでも付着しちゃうんだから――。それで、あなた以外の捜査員はどこまで知ってるの？」

「言えるか！」

「あっそ――」

悪魔がチェーンソウを持ち出し、スターターを引っ張ってエンジンに点火した。けたたましいエンジン音が鼓膜を抉り、ガソリン臭が鼻を衝く。

「生きたままバラバラにされたい？　それとも死んでからバラバラにされたい？」

悪魔が舌なめずりする。

脅しでないことは明らかだった。

答えるしかないか――。

何もできない自分が恨めしい。

だが、突然ドアが開いて悪魔が振り返った。

黒ずくめの人物が入ってくる。ライダースーツにライダーブーツ、頭にはフルフェイスのヘルメット。風防も真っ黒で顔は分からない。

何者だ?

悪魔も「誰よ!」と叫ぶ。

「何とか間に合ったようね」

堂安の声だった。だが、どうしてここを突き止めた?

「舟木。この女はあなたを殺すと言った?」

「はい」

「あなたのことは後よ。まずはこの化け物を拘束する。京野絵里、拉致監禁に暴行傷害、並びに殺人未遂と公務執行妨害の現行犯で逮捕する。手間かけさせてくれちゃって!」

悪魔が「そんなはずはない。そんなはずはない」と言いながら後退りする。「ここが見つかるはずがない」

「残念だったわね。チェーンソウを置いて大人しく投降しなさい」

「嫌よ。あんたも殺してやる！」

微かに警察車両のサイレンが聞こえてきた。援軍だ。

「山瀬さん達がきたようね」と堂安も言い、悪魔ににじり寄って行く。

だが、悪魔はスロットルを全開にしてチェーンソウを振り回す。

すると堂安がポケットからスティック状の物を出し、それを悪魔に向けた。と同時に、ノズルの先端から黄色い霧が噴き出され、瞬く間に悪魔が顔を押さえた。呻きながら膝をつき、遂には「痛い！痛い！」と絶叫しながら床を転げ回る。

催涙スプレーか！

すかさず堂安が悪魔の背中に乗って腕を捻り上げ、両手を手錠で固めたのだった。

「離せ！　離せぇ！　殺してやる！」

金切り声がコンクリートの壁に木霊する。まるで、映画『エクソシスト』のリーガンだ。これがこの悪魔の本性か。

「どっちもゴメンこうむるわ」

フルフェイスがこっちを向いた。

顔は見えないが、痛い程の視線を感じて目を逸らした。

「堂安さん……」

涙でそれ以上は声にならない。

「このバカ野郎！」

「――どうしてここに……」

「この女が万が一逃走した時のことを考えて、山瀬さんに頼んで彼女の車に発信機を取り付けてもらったの。まあ、褒められた捜査手法じゃないから裁判の時に弁護士とひと悶着あるでしょうけど、結果オーライよ。あなたも死なずに済んだしね。ちょっと思い出したことがあってあなたを呼び出したんだけど返事がない。あなたの携帯にかけても同じだし、官舎の電話にかけたところ、女性が出てまだ帰っていないと答えた。あの女性は？」

晴美だ。

「恋人です」

「そう、彼女の涙を見ずに済んで何よりだった。話を戻すと、あなたと連絡が取れないから不審に思い、あなたに渡したスマホのＧＰＳ機能を作動させたところ、この女の住所で信号が切れていた。それで、あなたが先走ったことを察した」

「あれにはＧＰＳ機能が？」

「そうよ。どうにも不安だったから」

「不安って？」

「前にも言ったでしょ、あなたは功名心のためにセオリーを無視したって。だから、あなたがどこにいるか四六時中知っておくためにＧＰＳ内蔵のスマホを支給したってわけよ」堂安が顔の横で片膝をつき、こっちの頭を引っ叩(ぱた)いた。「分かったか、このボンクラ！」

「――すみません……。危険を冒して助けにきてくれて――」

「この催涙スプレーがあれば銃を持っていない相手なんか屁でもないわ。飛距離は五メートルもあるし、おまけに怪我をさせることもないんだから。山瀬さん達の方が近ければ私が出張ってくることもなかったでしょうけど、不幸にして私の家がここに一番近かった。だから紫外線防止のために、着たくもないこんなものを身につけてここまできたってわけ。昼間でなくて幸いだった」

夜は外出できるといっても、巷には紫外線を発する光源が溢れている。堂安は軽い口調でああ言ったが、命懸けの覚悟で助けにきてくれたことは明らかだ。それを思うと泣けて仕方なかった。

「堂安さん。俺は、俺は……」

「あ～あ、鼻水まで垂らしちゃって――。もう泣くな」

そこへ、山瀬班と桑島班のメンバー達が雪崩込んできた。

※

十二月十九日　午後――

舟木は第一取調室横の覗き部屋を出た。たった今、三日間も黙秘を続けていた京野絵里が全て自供したのである。間もなく、大阪刑務所を襲った残党と彼らのアリバイを偽証した女性二人、浅田百合恵の逮捕状が請求されるだろう。

京野絵里の取り調べには山瀬が当たり、摑んだ事実を次々と突きつけた。すると、今朝になって絵里は観念し、ポツリポツリと自供を始めたのだった。

予想どおり、京野絵里は田坂に強請られていた。強請のネタはレイプ映像。田坂は医師だし見てくれもいいから、合コンに誘われて断る女性はまずいないだろう。絵里は合コンの席で薬を飲まされて田坂の自宅に連れ込まれ、レイプされた挙句にその映像をネタに強請られた。田坂と放射線技師の粂村はいいカモを見つけたと思っただろう。

知らなかったとはいえ、二人は絶対に怒らせてはならない悪魔を怒らせてしまったことになる。気に入らない相手を平気で殺してしまう女なのだから——。そして京野絵里は二人を殺すことにしたものの、迂闊に殺せない事態が持ち上がって田坂の言いなりになっていたという。それは、粂村の正体が分からなかったこと。田坂は粂村のことを『達也』と呼んでいたそうで、姓も住所も教えてくれなかったらしい。更に田坂はこう言った。『俺に何かあったら、達也がお前の映像をバラ撒く』と。

女が大の男を一人殺すだけでも大変なのに、正体が分からない男をもう一人殺すのは至難の業。加えて、『達也』の正体が分かったとしても二人を殺した時に目撃される可能性もあるし、アリバイを証明する必要もあった。それで悶々としつつも田坂の言いなりになっていたところにチャンスが転がり込んできたのである。他でもない浅田だ。医局でカルテのチェックをしていると栗原医師がやってきて、柚木医師に浅田のＭＲＩ画像と検査結果を見せて意見を仰いだ。その時に二人の会話が聞こえ、浅田が自衛隊員で犯罪被害者遺族であることを知った。

浅田の置かれている状況を知った京野絵里は、即座に『この男なら使えるかもしれない。自衛隊員なら格闘にも慣れているだろうから拉致も手際良くやってのけるのではないか』と直感したという。それから浅田の娘が巻き込まれた事件を調べ、田坂と粂村の殺害計画を企てた。無論、浅田に協力させるためには餌が必要で、苦心の末に思いついたのが大阪刑務所襲撃計画だった。

京野絵里は浅田に会ってこう言った。『私は城北医大病院の外科医で、あなたの病状も娘さんが殺されたことも知っています。あなたが望むなら娘さんの仇を討つ方法を教えましょうか？　勿論、私も協力しますし、世間の非難があなたと奥さんに及ぶことも絶対にありません。但し、私のお願いを聞いてください』と。浅田は呆然としていたそうだが、すぐにその話に乗ってきたのだそうだ。当然だろう、死を間近に控えた状況で、恨み骨髄の敵を殺せるとなれば誰だって心が動く。その時の浅田の心情を鑑みると、目の前に突然女神が降臨したような思いだったのではないだろうか。娘を殺された慙愧の念の中で忍び寄る死の影に怯え、仇も討てぬまま失意のうちにこの世を去らなければならないと思い込んでいたに違いないのだから。

浅田が承諾したことで京野絵里はこう提案した。

『あなたの死亡診断書を書きますから、それで火葬許可証を取得してください。そうすれば、あなたは法律上の死人で、何をしても罰せられることはないし、奥様にも親戚にも非難の矛先が向くことはありません。つまり、あなたの仇がいる大阪刑務所を襲撃しても、誰も浅田保が襲撃犯だとは思わないということです。襲撃計画と銃火器もこちらで用意します。中国マフィアに伝手がありますから』

銃まで用意すると言われ、浅田はとても驚いていたそうだ。しかし、彼女にとって銃と手榴弾の調達は難しいことではなかった。母親は中国人であり、それは即ち、中国人の知人が大勢いることを意味する。中国には蛇頭をはじめとする犯罪集団が溢れており、警察の目が厳しい日本と違って遥かに犯罪組織と接触し易い。絵里は、知人に金を積んで犯罪組織に接触してもらい、銃と手榴弾を調達したのである。仲介に立ったのは新宿を拠点とするチャイナマフィアで、歌舞伎町のクラブでそれらを受け取ったと絵里は証言した。

その見返りとして京野絵里は浅田に依頼した。

『田坂という男を拉致して「達也」という男の正体を吐かせ、達也も拉致してください。二人は私をレイプし、その映像をネタに強請っています』

浅田も、相手が悪党ということで拉致に罪悪感は持たなかったのだろう。結果、田坂を拉致して粂村の正体を吐かせ、その日のうちに粂村をも拉致して二人を京野絵里に引き渡した。

その後、京野絵里は大阪刑務所襲撃計画を浅田に授けた。

『まず、仲間を三人集めてください。犯罪被害者遺族の会には、身内を殺された方々が大勢います。その中から、仇が大阪刑務所に収監されている方をピックアップして接触してください。それとなく「仇を討ちたくありませんか?」と尋ね、「自分はどうなってもいい、殺してやりたい」と答えた人物を仲間に引き入れるんです。ご心配なく。仲間になってくれる人物のアリバイ証言をしてくれる人物も用意しますから、きっと、計画を持ちかけられた方々は承諾しますよ。だって、憎んでも余りある敵を殺すことができるんですから』

京野絵里は、アリバイ証言する人物を確保する自信があったという。田坂はこうも言った、『お前も他の女達も、鵜飼いの鵜だ。俺に金を貢ぐために生まれてきた哀れな鵜だ』と。それで自分以外にも田坂にレイプされて強請られている女性がいることを知った。まんまと田坂と粂村を拉致して口を割らせ、二人の自宅のＰＣにレイプ映像が保存されていることを突き止めてそれを回収。そこには自分の他に、女性八人がレイプされている映像と連絡先が残されていたという。しかも、顔見知りである麻酔医の室谷医師までも。

苦境に身を置く彼女達なら、レイプ映像を闇に葬ると持ちかければアリバイ偽証をしてくれるという勝算があったのだろう。京野絵里はその八人に会い、田坂と条村を拘束していることを告げた。すると全員が、二人を生かしておいたら何をされるか分からない、いっそのこと殺してしまったらどうかと提案したという。誰もが恨み骨髄だったのだろう。そこで二人の処分を引き受けた京野絵里は、交換条件として『協力して欲しいことがある』と持ちかけた。それがアリバイの偽証である。

誰もが二つ返事で協力を約束したそうで、京野絵里は浅田に計画の実行を促した。八人のうちからあの三人の女性を選んだ理由は特にないと証言したが、残る五人の中には看護師がいて、その看護師が術後の田坂を看ていたという。

その後、浅田は犯罪被害者遺族の会の名簿から三人を選び出した。それが佐々木和義、乃木康彦、篠塚啓二で、いずれも身内を殺した男が大阪刑務所に収監されていた。この三人が浅田とどんなやりとりをしたのかはこれから詳らかになると思う。当然のことながら、浅田に鎮痛剤のフェンタニルを与えたのも京野絵里だった。

田坂と条村の最期は悲惨そのものだった。

田坂は通勤に車を使っていたことから、拉致は城北医大病院の職員駐車場で決行された。監視カメラが設置されておらず、夜は人気がほとんどないからである。田坂が夜勤の日を狙い、京野絵里は自分の車に浅田を乗せてそのチャンスを待ち、三回目のトライで拉致に成功したという。車から降りた田坂に浅田が駆け寄り、あっという間にスタンガンで自由を奪い、見事な手際で首を絞めて気絶させた。それから京野絵里が田坂の車を運転し、浅田は田坂を京野絵里の車に放り込んであの倉庫に運んだ。田坂の車は倉庫の裏で発見された。その後、田坂を痛めつけて粂村の名前と住所を吐かせ、喉元にナイフを突きつけた状態で粂村に電話させてこう言わせた。『緊急事態だ。これから井の頭公園の駐車場まできてくれ、車で待っている』と。何も知らない粂村は指定された場所に出向き、車に近づいたところで浅田の手にかかって気を失った。

予想どおり、京野絵里は、レイプされるということがどれほどの嘆きと悲しみであるかを田坂に分からせるために性転換手術を施して女の身体に変えたという。麻酔医の室谷医師がいたからできたことは言うまでもないが、田坂は泣き叫んで許しを乞うたそうだ。だが嘆いても後の祭り、男性器を失って女性器が身体に刻まれてしまっただけでなく、切除されたペニスを無理やり食べさせられた。更に、京野絵里は歌舞伎町で見つけた不法滞在の中国人三人を雇い、田坂を連日連夜レイプさせた。場所は埼玉県秩父市にある人里離れた廃屋。あとあと中国人達に強請られないよう、自分の身元を完全に隠す必要があったからだ。変装して名前も偽り、どこに住んでいるかも絶対に分からないよう細心の注意を払ったという。

やがて中国人達によるレイプ地獄は終わったが、田坂には発狂するほどの拷問が待ち構えていた。今度は犬によるレイプである。京野絵里は再びあの倉庫に田坂を運び、俯せに丸太に縛りつけた。それから文字通り、田坂は九人の女性の前で犬との交尾を強いられた。想像するだけで吐き気がするが、それだけ女達の恨みが深かったということだろう。京野絵里という、外見からは想像もつかない悪魔に、絶対に怒らせてはいけない殺人鬼に手を出した者の末路だ。犬とのセックスが原因だったのか、ほどなくして田坂は人口膣から感染症を起こして死んだ。元々殺すつもりだったから京野絵里は田坂に投薬治療を一切行わず、死体を車に乗せて荒川河川敷に遺棄。田坂の遺体を埋めなかった理由は、死後も辱めるため。田坂が犬ともセックスをする変態であることを世に知らしめ、家族にも肩身の狭い思いをさせたかったからだという。

一方の粂村だが、こちらも悲惨の二文字だった。浅田の死亡認定日まであの倉庫に監禁され、連日連夜の拷問に耐えかねて『殺してくれ』と懇願したらしい。両手両足の生爪を剝がすことから始まり、四肢の骨の粉砕、男性器の切除、睾丸潰し、肛門からの硫酸注入等々。失神してもすぐに叩き起こされ、拷問地獄はエンドレスで続けられた。しかし、顔だけは傷つけられなかった。火葬場で職員が棺の蓋を開けるからである。そして最後は筋弛緩剤を注射されて息絶えた。呆れたのは京野絵里で、時には笑いながら、時には小馬鹿にした口調で犯行時のことを楽しそうに語っていた。自分だけが人間で、他は家畜同然とでも思っているのだろうか――。

その後、浅田が救急車で柚木外科クリニックに運ばれ、京野絵里が柚木医師に成りすまして死亡診断書を捏造。それから百合恵が火葬許可証を取り、浅田の身代わりに粂村の遺体を棺桶に入れて焼却。浅田が大阪刑務所で取った行動も全て京野絵里の指示だそうで、議員連中を政治的に抹殺する案にはやはり兄の衆院選出馬が絡んでいた。兄のために強力なライバルを消し去れば一石二鳥というわけだ。

海風荘での二件の殺しは、プライドを傷つけられたからだという。島本に交際を申し込んだものの、にべもなく『タイプじゃない』と断られ、秦野美佐子からも『泥棒猫みたいな真似はしないでください。あなたと島本先輩じゃ釣り合いが取れません』と罵倒された。それで殺意が芽生えて誤嚥トリックを思いつき、柚木医師から海風荘の部屋割り作業を引き継いだ。

これだけ万事上手く行けば京野絵里も満足だったに違いない。ところが、堂安の登場と桑島の追及で尻に火が点いてしまった。桑島のねちっこい事情聴取に不安を覚えた加藤涼子が、『私、嘘をつきとおす自信がない』と弱音を吐いたそうで、それならいっそのこと事故に見せかけて殺そうと決意。グズグズしていたら加藤涼子が警察の軍門に下るかもしれないため、学生時代に成功した誤嚥トリックを使うことにしたそうである。堂安の推理どおり、『気晴らしにダイビングを始めてみない？　道具一式を譲ってあげるから』と持ちかけ、アルゴンガス入りのボンベやレギュレーター、ウエットスーツを宅配便で加藤涼子の部屋に送り付けた。それから加藤涼子を訪ねて睡眠薬入りのビールで眠らせ、睡眠薬の成分が体内から消える時間を計算して誤嚥トリックを仕掛けた。同時に浣腸用の注射器を使い、加藤涼子の肛門からウイスキーも注入。チューブを使って胃に注入するより遥かに簡単で効果も絶大なのだそうだ。トリックの発動方法は実に簡単で、アルゴンガスが少しずつしか放出されないようにレギュレーターのバルブを調整しただけ。しかし、少しずつであっても数時間もすればある程度のアルゴンガスが部屋に充満するわけで、最後の仕上げをするために再び加藤涼子の部屋に行って自分の嘔吐物を涼子の気管に注入した。全くのノーマークだったからできたことだろう。秦野美佐子の殺害方法もこれとかなり似ているが、睡眠薬の種類が違う。超短時間で成分が消えるゾルピデムを使っている。半減期が二時間ほどで劇的に作用するらしい。それを秦野美佐子の飲み物に混ぜて眠らせ、大勢の前で『飲み過ぎよ。ペースが速いんだもん』と言ってアルコールによる泥酔と主張。それから秦野美佐子を部屋に運んで自分だけが残り、彼女の肛門からウイスキーを注入。そして睡眠薬の成分が消失する午後十時頃にアルゴンガスを秦野美佐子の部屋に流し込んだ。以後は島本殺しと同じプロセスである。

習麗華という名前とパスポートについてはこうである。万が一、逃走を余儀なくされる事態が持ち上がった時のために、前もって中国の、しかも正規のパスポートを用意していた。中国人の密入国は今も後を絶たないが、最近は新手(あらて)の方法で正規入国してくる。どういうことかというと、農村部の貧しい人に金を積んで戸籍を買うのだ。そしてその戸籍でパスポートを取得して日本に入国。中国は膨大な人口を抱えているために身分確認作業がすこぶる緩い。

京野絵里も農村部に行って自分と年齢や背格好が似ている女性を見つけて戸籍を買い、二つ目のパスポートを手に入れた。母親が中国人なので彼女は中国語に堪能だから、怪しまれずにパスポートを作れたという。しかも、女はメイクで別人になると言われるように、中国のパスポートの写真はまるで別人そのもの。目を一重に見せ、入れ歯を使って出っ歯を装っていた。あれでは絶対に京野絵里とはバレない。げに恐ろしきは女という生き物か。

大阪府警の方は上層部が丸く収めた。無論、手柄を持っていかれた大阪府警は怒り心頭に発し、ひと悶着もふた悶着もあったと聞いたが、下っ端の自分には無縁のこと。

それにしても、気の毒なのは柚木医師だ。信頼していた同期に利用され、一時は主犯だと疑われたのだから。ほどなく彼女も参考人として事情を訊かれることになるだろうが、事件の真相を知った時はさぞや驚くことだろう。

　まあ、細かい相違は多少あるものの、事件の真相は概ね堂安の推理どおり。呆れた洞察力ではないか。山瀬も言っていたように、堂安の下にいれば一端の刑事になれるような気がしてきた。ひょっとしたら、堂安なら父の事件の真相まで暴いてくれるのではないだろうか。しかし、それはもう無理か。あんなヘマをやらかしてしまったし、救出された後も罵声の嵐を浴びせられて言い訳などできるはずもなかった。このまま所轄に送り返されるのは目に見えている。

エピローグ

十二月二十五日　夕刻——

京野絵里の自供から六日が経ち、佐々木和義、乃木康彦、篠塚啓二、米倉理沙、遠藤素子、浅田百合恵、そして術後の田坂を看ていた看護師、麻酔医の室谷麻琴も逮捕され、自供した。八人の証言と京野絵里の証言は完全に一致。だが八人は、誰一人として後悔を口にしなかった。それどころか、今は清々しい気分だとも言っている。米倉理沙、遠藤素子、看護師、室谷麻琴は強請地獄から解放され、佐々木和義、乃木康彦、篠塚啓二、浅田百合恵は身内の仇を討ったという達成感を得たのだろう。加藤涼子にしても、殺されていなければ同じ証言をしたと思われる。

佐々木和義、乃木康彦、篠塚啓二はこう証言した。

『浅田さんから大阪刑務所襲撃計画を持ちかけられた時、これなら成功するかもしれないと思った。そこで仲間になることを承諾して、半年ほど戦闘訓練を受けた。だが浅田さんは、あなた達の手を汚したくない。殺しは自分が引き受けるから、仇が無様に死んでいく様を見ていて欲しいと言った』と。

計画は成就し、三人は逃走劇もやってのけた。だが、京野絵里のことは全く聞かされていなかったという。彼女は自分の存在を隠すよう、浅田に言いふくめたのだろう。

浅田百合恵はこう話している。

『主人を誇りに思っています。どんなに非難されようと、主人は最高の夫であり最高の父親だと胸を張って言えます。今頃主人は、あの世で娘と楽しく過ごしているんじゃないでしょうか』と。

彼らに言い渡される判決はどのようなものなのか？　情状酌量が認められるのだろうか？

それはさておき、今回の事件で痛感したことがある。一つの偶然が数々の偶然を呼び込んで大事件に発展することがあるということだ。浅田が末期癌にならなければ大刑事件は起きなかっただろうし、栗原医師があの日、外科の医局に行かなかったら京野絵里は浅田の存在すら知ることはなかった。また、田坂の遺体が遺棄されていなかったら大刑の一件も解決を見なかっただろう。

これで全て解決したことになるが、こっちは晴れがましいどころか最悪の気分だ。堂安に呼び出されてこれから両国である。あんなヘマをしでかしたのだからお払い箱になるのは確実で、『ひとかどの刑事になれ』と激励して送り出してくれた目黒署刑事課の面々に合わす顔がない。この第一分室とも今日でお別れか。

がっくりと肩を落として本庁庁舎を後にし、重い足取りで駅に向かった。

やがて両国駅に着いたが、これからのことが頭を支配していたために危うく乗り過ごすところだった。堂安の家までの道をとぼとぼと歩く。

『堂安』の表札の前に立ったが指がなかなかインターホンに伸びない。そうこうするうちに堂安の母親が買い物袋を提げて帰ってきた。

「あら、舟木さん」

「あっ、こんにちは……」

「どうなさったの？　顔色が悪いけど」

悪くもなろうというものではないか。しかし、「何でもありません」と取り繕う。

「一花が待っていますからどうぞお入りください」

「お邪魔します」

それから堂安の母親の背中を見ながら二階に上がった。

「一花、舟木さんがいらしたわよ」

堂安の母親がそう言って部屋のドアを開け、「ごゆっくり」の声に頷いて中に入った。

堂安は芥子色のセーター姿、デスクチェアーの背凭れに上体を預け、後頭部で手を組んでいる。

堂安と目を合わせられず、「参りました」と小声で言った。

「どうしたの？　死にそうな顔して」

「短い間でしたけど、お世話になりました。堂安さんのお陰で十年分の経験を得た思いです」

涙声になる。

「何のこと？」

「最後通牒を突きつけるために呼んだんでしょ？」

「そのことか――」堂安が首筋を掻く。「確かに、一度はあなたクビにしようと思ったけど、偶然にも、あなたがな～んにも考えないでたまたま口にしたことが誤嚥トリックを解く切っ掛けになったし、あなたのお祖父さんのエピソードで浅田が戸籍上の死人になっている可能性も閃いた。だからまあ、その、なんというか――私とあなたの相性は悪くないのかなと。それに、痛い目に遭って初めて思い知るということもあるから、今回だけは勘弁してあげることにした」

目を瞬かせた。

「残れるんですか？　捜査一課に」

「何度も言わせないで。あなたをクビにするならとっくに引導を渡してる」

「じゃあ、私をここに呼んだ理由は？」

「慰労会をするからよ。事件が解決したらいつもやってるの。でも、私は昼間は外出できないから、今日はここでやる」

「え？」

「山瀬さん達も後でくるわよ」

拍子抜けだ。落ち込んで損した。

「あっ」

「どうしたの？」

「桑島さんは？」

「呼ぶわけないでしょ。彼のことだから呼んだってくるわけないだろうけど――。それに、彼の強引な事情聴取が加藤涼子を殺したようなものだから、責任を感じてるって話よ。慰労会って気分じゃないと思う」

人並みに罪悪感は持ち合わせているようだ。だが、桑島の強引さがなければ、京野絵里が慌てることも、再び誤嘱トリックが使われ、ＤＮＡの一致によって京野絵里に逮捕状が出されることもなかっただろう。

捜一に残れることになって安心したのか、腹の虫が盛大に鳴き出す。

堂安が苦笑した。

「大食いのあなたのために料理は山ほど用意してある。今日はたらふく食べて帰りなさい」

そうだ。今なら教えてくれるかもしれない。

「堂安さん。一つ質問があるんですけど」

「何かしら？」

「九年前のことです。堂安さんが父の事件を捜査されたんですよね」

堂安が溜息をついた。

「私のことを調べたのね」

「母の一言が気になったもので――。上司の名前を尋ねられたので教えると、父の事件で事情聴取にきた刑事が同姓の女性だったと」

堂安が頷く。

「あの事件が起きたのは、私が警察に採用されてすぐのことだった。知ってると思うけど、キャリアは採用後すぐに警部補になって現場を経験する。でも、まだ素人同然で、捜査に口を出すことなんてできなかった。そのうち異動命令が出て、私はあなたのお父様の事件から外れることになって――。私にとって、あなたのお父様の事件だけが汚点なの」

「汚点？」

「私が関わった事件で唯一、解決していないからよ」

そういえば山瀬が言っていた。堂安は、『担当した事件を迷宮入りさせたことが一度もない』と。

「私を捜一に呼んだこと、父の事件と関係しているんですよね」

「私が病気で倒れた日、一課長が病室にきてこう言った。『九年前の交番の事件だが、殺された巡査部長の息子が目黒署の刑事課にいるらしい』と。すぐに舟木さんの顔が浮かんだわ。その後、在宅勤務の話が出て、どうしても手足になってくれる刑事が必要になった」

「そして私のことを思い出した？」

「そうよ。だから舟木さんを供養する意味で、あなたを私の手元の置いてみようと思った。まあ、早い話が私情を挟んだことになるわね。だけど、使い物にならなければすぐにお払い箱にする気でいたことも事実」

「よく話してくださいました」

「いつか、お父様の事件も解決したいわね」

「はい」

そこへ、料理の良い匂いが漂ってきた。

解説

飯城勇三

槙野と東條

本書は、南雲堂から出る吉田恭教の本としては、五冊目となる。これまで刊行された四冊――『可視(み)える』(二〇一五年。実業之日本社文庫版題名は『凶眼の魔女』)、『亡者は囁く』(二〇一六年)、『鬼を纏う魔女』(二〇一七年)、『亡霊の柩』(二〇一八年)――はすべて〈槙野・東條シリーズ〉だったが、今回は新たな主人公が登場。シリーズ(〈ドラキュラ分室シリーズ〉かな?)となるかどうかは、現時点では不明だが。

〈槙野・東條シリーズ〉に関しては、私のようなエラリー・クイーン信奉者にとっては、面白く読んだものの――解説者にあるまじき文だが――正直言って、物足りない部分があった。しかし、本書では、その「物足りない部分」が、大幅に改善されている。以下では、その点について述べさせてもらおう。

吉田恭教の新作長篇『警視庁特殺　使徒の刻印』（二〇一九年）は、「警察小説と本格ミステリのハイブリッド」というのが謳い文句。そして、この場合の〝本格ミステリ〟とは、トリックを指している。作者の他の作品でも、本格ミステリーらしさは、トリックが生み出していると言ってかまわない。だが、本格ミステリーらしさを感じさせるものは、トリックの他に、もう一つある。それは、〝推理〟に他ならない。私が〈槙野・東條シリーズ〉に物足りなさを感じた理由は、「読者が推理する余地が少ない」という点だったのだ。

例えば、このシリーズの一作では、特殊な金属の特性を利用したトリックが出てくる。だが、この金属に関するデータが作中に提示された時点で、作中の探偵役も、読者も、トリックを見抜いてしまう。逆に、このデータを知らなければ、作中探偵も読者も、トリックを見抜くことはできない。つまり、作中探偵も読者も、推理をめぐらす余地がないのだ。仮に、この作に〈読者への挑戦状〉を挟もうとしても、どこに入れたら良いのかわからない。金属に関するデータの提示前では読者は絶対に解けないし、データの提示後では、誰でも解けてしまうからだ。

吉田恭教の作には、トリックの解明に科学的知識が必要なものが多い。そして、大部分の読者が持っていない科学的知識ならば、読者に提示する必要がある。ところが、大部分の読者は、その知識を得た時点で、トリックを見抜いてしまうのだ。

一方、エラリー・クイーンのデータ提示の手法は異なる。データはかなり早い段階で提示されているのだが、警察と読者は、それを基に真相を推理できるとは思いもしない。名探偵だけが、最後に「それを基に真相を推理できる」ことを示して、読者を驚かせるわけである。

この差はどこから生じているかというと、おそらくは、作風の違いによる。私は、〈槙野・東條シリーズ〉からは、クイーン風の本格ミステリーというよりは、捜査小説といった感じを受ける。〈向井俊介シリーズ〉も同様で、彼からは、〝名探偵〟というよりは、〝優秀な捜査官〟というイメージを受ける読者がけっこういるに違いない。

私がここで言う〈捜査小説〉とは、警察小説や私立探偵小説などの、「探偵役の捜査が進むにつれて、少しずつ真相が明らかになっていく作風」の小説を指す。〈槙野・東條シリーズ〉では、東條は警察官、槙野は私立探偵という設定。つまり、警察小説と私立探偵小説の両方の要素を持つ、典型的な〈捜査小説〉というわけである。

そして、東條にしろ槙野にしろ、捜査小説の主人公にふさわしく、捜査によって少しずつデータを入手し、少しずつ真相に近づいていくタイプである。決して、アクロバティックな推理で、読者も（他の）警察官も気づかないデータの意味を突きとめるタイプではない（例えば、『亡霊の柩』の東條は、同僚の蛭田が気づいた手がかりを見落としてしまう）。逆に、読者と同じ目線で捜査する二人の姿が、感情移入を呼び、魅力を生み出しているのだ。

では、〈捜査小説〉でありながら、名探偵風の推理も備えた作風は可能なのだろうか？——前置きが長くなったが、本書が、その作風に挑んだ作品なのだ。——と断言するのは勇み足かもしれない。

作者が警察小説のバリエーションとして、この作風にたどり着いた可能性の方が、ずっと大きいからだ。だが、まずは作品そのものを見てみよう。

堂安と舟木

本作の最大の特徴、それは〈ドラキュラ分室〉という設定である。日光を浴びると火傷をしてしまうために外出できない堂安一花と、彼女の代わりに捜査を行う舟木亮太。このコンビを見て、TVドラマ『鬼警部アイアンサイド』や、レックス・スタウトの〈ネロ・ウルフ・シリーズ〉を思い浮かべる読者は多いだろうし、その連想は間違いではない。

しかし、私が連想したのは、ジェイムズ・ヤッフェの〈ママ・シリーズ〉であり、アイザック・アシモフの〈黒後家蜘蛛の会シリーズ〉であり、都筑道夫の〈退職刑事シリーズ〉であり、鮎川哲也の〈三番館シリーズ〉だった。そう、私は本作を〈安楽椅子探偵もの〉と見なしているのだ。

〈安楽椅子探偵もの〉の基本形は、「警察の捜査が行き詰まる。→警察が名探偵に相談する。→名探偵は警察から聞いた話だけで事件を解決する」というもの。ここで重要なのは、名探偵が推理に用いるデータは、すべて警察も入手している、という点。つまり、警察がその重要性に気づいていないデータに、名探偵だけが気づいて推理するわけで、まさしくクイーン風の〈推理の物語〉と言える。

そして、もっと重要なのは、名探偵が手に入れたデータは、すべて読者も手に入れている、という点。つまり、フェアプレイである。前述の四つの安楽椅子探偵ものが本格ミステリーとして高く評価されているのは、これが理由だろう。また、最近では、山田彩人が〈本格ミステリー・ワールド〉に参戦するにあたり、安楽椅子探偵の設定を用いている。その『皆殺しの家』（二〇一八年）では、この設定により、作者の以前の作よりも、本格ミステリーとして高い達成を見せているのだ。

本作では、堂安が安楽椅子探偵役を務めている。彼女は警察官だが、「堂安が指揮した事件で迷宮入りしたものは一つもない」と言われ、在宅で事件を捜査する特権を与えられるなど、作者は明らかに〝名探偵〟として造形している。同じ女性警察官であっても天才性を感じさせない東條とは違うのだ。

その堂安の手足となって働く舟木もまた、槙野とは違う。槙野は東條と同格の主人公の一人だが（実は、シリーズ開始時点では東條はサブキャラにする予定だったと作者から聞いたことがある）、舟木は名探偵・堂安のワトソン役に過ぎない。第三章や第五章では、舟木がトリック解明のためのヒントを堂安に与えるシーンがあるが、これなどは、どう見てもワトソンの役割ではないか。また、堂安の舟木に対する無茶ぶりも、名探偵ものなら「あるある」で済むが、警察小説なら、普通にパワハラ認定だろう。作者は、〈安楽椅子探偵〉の設定を用いることにより、ホームズ＝ワトソン型のコンビを捜査小説（本作の場合は警察小説）に取り込むことに成功したのだ。

また、舟木が入手したデータの内、堂安が入手したものは、すべて読者も入手している（厳密に言うと、堂安より読者の方が入手データが多い）。例えば、「容疑者たちのアリバイを証明する三人の女性が同じタイプ」という手がかりは、舟木は――目の前で見ていながら――気づかず、堂安は気づく。

そして読者は、堂安より先に気づくにせよ、堂安の説明を聞いて気づくにせよ、推理を楽しめるわけである。

だが、この方式には欠点がある。それは、「名探偵の活躍が最後だけになってしまう」というもの。短篇なら問題はないが、長篇で、名探偵が最後の数十ページにしか登場しないというのは、読者には物足りないだろう。

この解決策として編み出されたのが、解明を数段階に分けて行う形式。最初に警察が名探偵に相談した時点では解決まで至らない。だが、何かをつかんだ名探偵が捜査の方針を指示。その指示に従って捜査した警察が、捜査結果を携えて、再び名探偵のもとを訪れる——（以下、解決するまで繰り返し）。

この形式が本格ミステリーとして興味深いのは、名探偵の捜査指示が、読者へのヒントになっているという点。例えば、名探偵が警察に「被害者の妻のアリバイを調べるように」と指示した場合、読者は「被害者の妻が犯人なのだろうか？」、「なぜ名探偵は被害者の妻に目を付けたのだろうか？」といった観点から推理をめぐらすことができるわけである。

そして本作も、この形式を用いている。ただし、堂安の場合はもっと露骨で、《彼女も目を引くわね》とか、《大泉学園町には何がある？》とか、《いいからドレッシングを見なさい！》と、舟木に直接ヒントを出しているのだ。もちろんこれは作中レベルの話で、実際には、作者が読者にヒントを与えているわけである。従って、読者はここで読むのを止めて、堂安の言葉について考えた方が楽しめるだろう。

ただし、この方式にも欠点はある。警察が、読者にも提示されている捜査の後、その内容を名探偵に報告し、名探偵はその内容から捜査方針を考え、警察に指示する――という流れでは、報告に費やす時間が無駄な感じを受ける。さらに、読者に対して提示される捜査シーンに含まれるデータと、名探偵への捜査報告に含まれるデータは同一ではない。名探偵が得るデータの方が、ずっと少ないはずである。

そして、本作には、この欠点を解消する面白いアイデアが盛り込まれている。それは、舟木がかけているメガネにはカメラとマイクが内蔵されていて、舟木が見た、聞いたことは、堂安も見て、聞くことができる、という設定。ちなみに、私はこの設定を読んだ時、アメリカで一九七二年に、日本では一九七三年に放映が開始されたＴＶドラマ『プローブ捜査指令』を思い出した。こちらは主人公の服のボタンやネクタイピンなどにカメラとマイクが仕込んであり、そこから送信されたデータをコントロールセンターが解析し、主人公に次の指示を与える、という設定で、よく似ているからだ。作者は一九六〇年生まれらしいので、このドラマは観ていない可能性が高いが……。

いずれにせよ、この設定により、舟木が堂安に報告するシーンが不要になり、物語のテンポが良くなった。さらに、舟木と堂安と読者の入手したデータを一致させることも可能になったわけである。第三章で提示される「薬品タンクの事故」のデータ（というより〝ヒント〟）などは、この設定でなければ使えないだろう。

ただし、厳密には、舟木と堂安の入手データは同じではない。例えば、匂いのデータは、舟木が話さない限り、堂安は知ることはない。もしシリーズ化をするならば、嗅覚や触覚や味覚がからむ手がかりに対する舟木と堂安のギャップを生かしたプロットを期待したいところである。

もっとも、ここまで舟木と堂安の入手データを一致させると、「ドラキュラ設定をやめて、堂安自身に捜査をさせればいいじゃないか」と文句をつける読者が出てくるかもしれない。だが、それは間違っている。堂安は自分が動けないので、舟木に動いてもらう必要がある。そして、舟木に動いてもらうには、指示や説明をする必要がある。この〝指示や説明〟が読者に対しても提示される点こそが、安楽椅子探偵という設定から生じる、大きなメリットなのだ。

前述したように、作者がこういった点をどこまで考えて〈ドラキュラ分室〉という設定を導入したのかは、私にはわからない。ただ単に、槙野と東條の並列の関係とは異なる、直列の関係を描いてみたかったという可能性も無視できないだろう。実際、物語の大まかな流れは捜査小説と同じだし、名探偵がすべての謎を解き明かすクライマックスがあるわけでもない。だが、結果として、これまでの吉田恭教作品には見られなかった〈天才型名探偵もの〉の要素を導入し、〈探偵役と読者の入手データの一致〉を実現できていることは間違いない。そこが、クイーン・ファンの私が、この設定を気に入った理由なのだ。

トリックとプロット

ここでは、探偵役の設定以外についても触れておこう。本作のプロット上の謎は、以下の三つがある。

①大阪刑務所襲撃事件をめぐる謎
②荒川河川敷で見つかった性転換死体をめぐる謎
③誤嚥性窒息死をめぐる謎

この内、③は面白いが、その面白さは、同じ作者の過去作の〝熱中症に見せかけて殺すトリック〟などと変わらない。

②の謎は動機だが、この事件単独では推理の余地はない。①の事件の真相が明らかになるにつれ、結びつきも明らかになり、面白さが生まれている。ただし、その面白さは、本格ミステリー的な面白さではない。動機と犯行から浮かび上がってくる犯人の性格によるものなのだ。

本作で最も魅力的なのは、①の謎をめぐるものだろう。最初は政治犯によるテロに見えた事件が、捜査によって少しずつ形を変えていく流れは、スリリング、かつ意外性に満ちている。さらに、「連中はどうして射殺した死体をわざわざ体育館に運んだ?」といった疑問を積み重ねて事件の構図をひっくり返す堂安の姿は、本格ミステリーの名探偵そのもの。この部分だけでも、本作は、〈本格ミステリー・ワールド〉にふさわしい一冊だと言えるだろう。

シリーズの継続を期待したい。

本書は書き下ろしです。
この物語はフィクションです。
実在の人物・団体とは一切関係ありません。

捜査一課ドラキュラ分室——大阪刑務所襲撃計画
2019年12月 9日 第一刷発行

著者 吉田恭教
発行者 南雲一範
装丁者 岡 孝治
校正 株式会社鷗来堂
発行所 株式会社南雲堂
東京都新宿区山吹町361 郵便番号162-0801
電話番号 (03)3268-2384
ファクシミリ (03)3260-5425
URL https://www.nanun-do.co.jp
E-mail nanundo@post.email.ne.jp
印刷所 図書印刷株式会社
製本所 図書印刷株式会社

本書の無断複写・複製・転載を禁じます。
乱丁・落丁本は、小社通販係宛ご送付下さい。
送料小社負担にてお取り替えいたします。
検印廃止〈1-590〉
©YASUNORI YOSHIDA 2019 Printed in Japan
ISBN 978-4-523-26590-0 C0093

本格 ミステリー・ワールド・スペシャル 最新刊

島田荘司／二階堂黎人 監修

皆殺しの家

山田彩人 著

四六判上製　336ページ　定価（本体1,800円＋税）

夏の海に浮かぶ氷漬けの屍体！
まっ白な雪原に浮かぶ妖精の足跡！
開けた採石場跡地で発見された奇妙な転落屍体！
不可能犯罪連発の奇想ミステリー劇場開幕！！

警視庁の刑事である小倉亜季。同じく刑事だった亡くなった兄が自宅に匿っていたのは親友でもあり三人を殺害し指名手配中の久能だった。
兄の遺志を受け継ぎ久能を地下牢に匿ったが、亜季のころになり外界との接点を遮断され暇をもてあました久能は亜季の知る不可解な謎を要求してきた。

ヤオと七つの時空の謎

芦辺拓 編著

獅子宮敏彦／山田彩人／秋梨惟喬／高井忍／
安萬純一／柄刀一 著

四六判並製　336ページ　定価（本体1,800円＋税）

飛鳥、平安、鎌倉、戦国、江戸、明治……
さまざまな時代を巡って少女ヤオが遭遇する七つの謎!!
七人の実力派作家が紡ぐ歴史ミステリーアンソロジー

芦辺拓	プロローグ またはヤオは旅立つ
獅子宮敏彦	聖徳太子の探偵
山田彩人	妖笛
秋梨惟喬	鞍馬異聞――もろこし外伝
高井忍	天狗火起請
安萬純一	色里探偵控
柄刀一	天地の魔鏡
芦辺拓	ヤオ最後の冒険またはエピローグ

密室忍法帖

安萬純一 著

四六判上製　360ページ　定価（本体1,800円＋税）

伊賀VS甲賀

命令を受けた忍者たちは殺し合う！

「俺たち忍びは非人と呼ばれてきた。
たしかにそんなものかもしれん。
しかし非人が野心を抱いてはいけないのか!」

伊賀の忍びの里に服部半蔵から五人の甲賀忍者の殺害指令が下された。指名された五人の忍者は甲賀の里に向かうが、甲賀の里にも同じような命令が届いていた。忍者同士による殺し合いが始まるが、その頃里では次々村人が殺される事件がおきていた。次々と斃れていく仲間たち、その背後に蠢く陰謀とは?